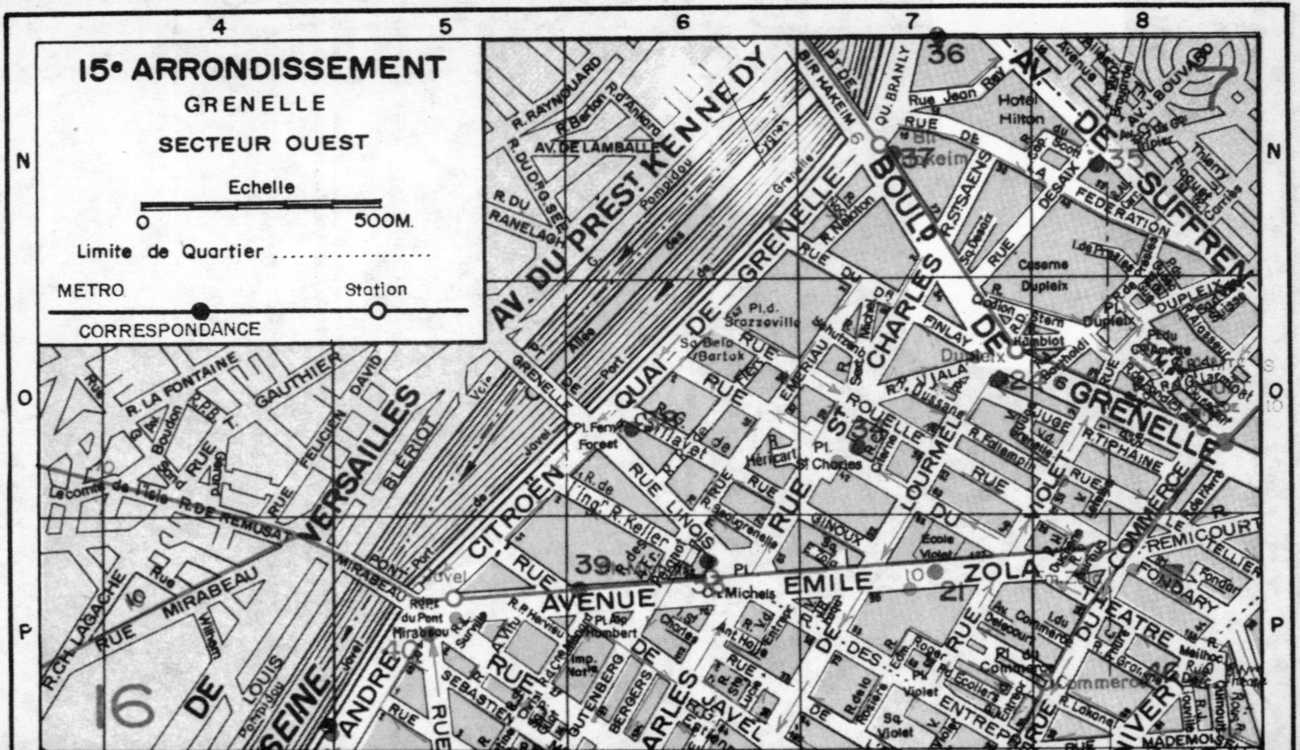
15e ARRONDISSEMENT
GRENELLE
SECTEUR OUEST
Echelle
0
500M.
Limite de Quartier
METRO
Station
CORRESPONDANCE
AV. DU PRÉST KENNEDY
QUAI DE GRENELLE
BOULD DE GRENELLE
AV. DE SUFFREN
RUE EMILE ZOLA
AVENUE EMILE ZOLA
QUAI ANDRÉ CITROËN
RUE DU COMMERCE
RUE DU THÉATRE
RUE ST CHARLES
RUE LOURMEL
RUE DE VERSAILLES
RUE MIRABEAU
PONT MIRABEAU
RUE LINOIS
RUE DESAIX
RUE FÉDÉRATION
RUE DE L'ENTREPRENEURS
RUE DE JAVEL
SEINE
R. DE REMUSAT
BIR HAKEIM
Hotel Hilton
Caserne Dupleix
DUPLEIX
RUE BLÉRIOT
R. LA FONTAINE
GAUTHIER
RUE FÉLICIEN DAVID
R. RAYNOUARD
AV. DE LAMBALLE
R. DU RANELAGH
R. CH. LAGACHE
16
N
O
P
4
5
6
7
8

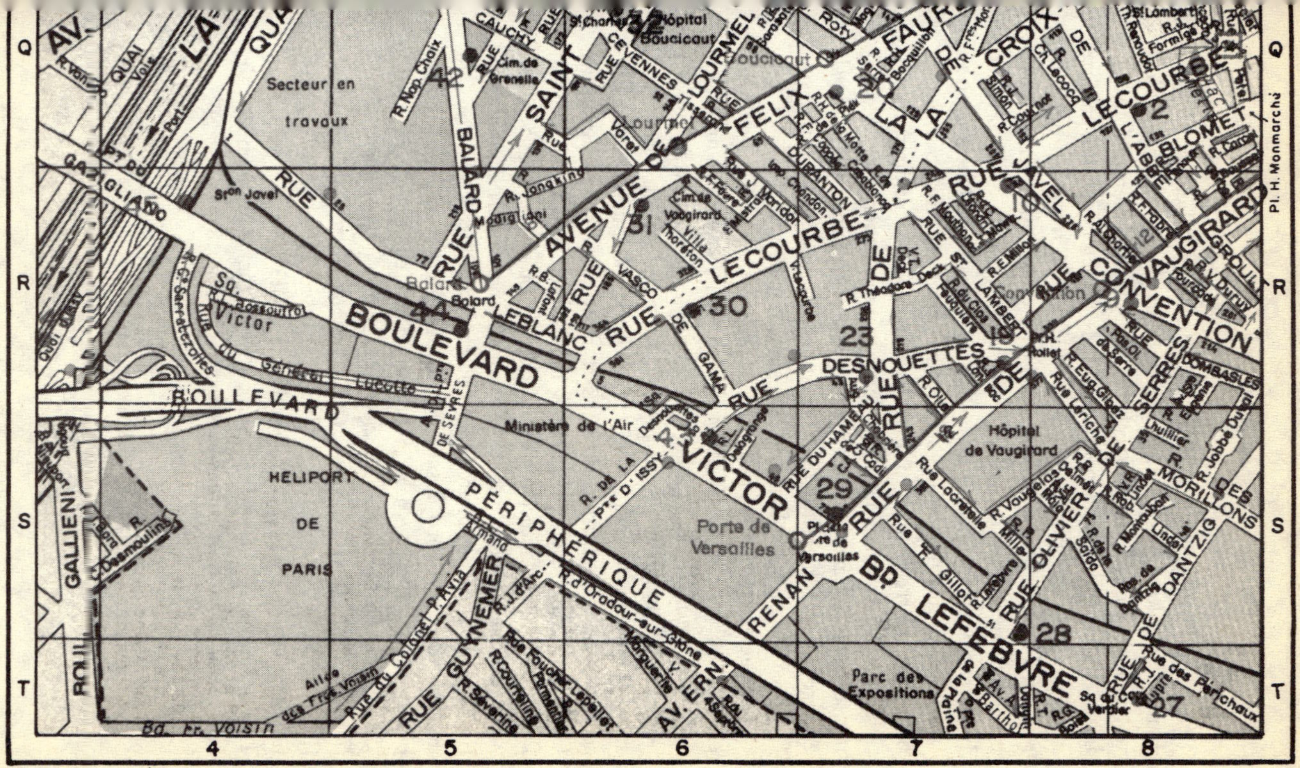

voir suite du 15ème Arrt, secteur EST, pages suivantes

Zu diesem Buch

Léo Malet, geboren am 7. März 1909 in Montpellier, wurde dort Bankangestellter, ging in jungen Jahren nach Paris, schlug sich dort unter dem Einfluß der Surrealisten als Chansonnier und „Vagabund" durch und begann zu schreiben. Zu seinen Förderern gehörte auch Paul Éluard. Eines von Malets Gedichten trägt den bezeichnenden Titel „Brüll das Leben an". Der Zyklus seiner Kriminalromane um den Privatdetektiv Nestor Burma – mit der reizvollen Idee, jede Folge in einem anderen Pariser Arrondissement spielen zu lassen – wurde bald zur Legende. René Magritte schrieb Malet, er habe den Surrealismus in den Kriminalroman hinübergerettet. „Während in Amerika der Privatdetektiv immer auch etwas Missionarisches an sich hat und seine Aufträge als Feldzüge, sich selbst als einzige Rettung begreift, gleichsam stellvertretend für Gott und sein Land, ist die gallische Variante, wie sie sich in Burma widerspiegelt, weitaus gelassener, auf spöttische Art eigenbrötlerisch, augenzwinkernd jakobinisch. Er ist Individualist von Natur aus und ganz selbstverständlich, ein geselliger Anarchist, der sich nicht von der Welt zurückzuziehen braucht, weil er sie – und sie ihn – nicht versteht. Wo Marlowe und Konsorten die Einsamkeit der Whisky-Flasche suchen, geht Burma ins nächste Bistro und streift durch die Gassen." („Rheinischer Merkur") 1948 erhielt Malet den „Grand Prix du Club des Détectives", 1958 den „Großen Preis des Schwarzen Humors". Mehrere seiner Kriminalromane wurden auch verfilmt; unter anderen spielte Michel Serrault den Detektiv Burma. In der Reihe der rororo-Taschenbücher liegen bereits vor „Bilder bluten nicht" (Nr. 12592), „Stoff für viele Leichen" (Nr. 12593), „Marais-Fieber" (Nr. 12684), „Spur ins Ghetto" (Nr. 12685), „Bambule am Boul' Mich'" (Nr. 12769), „Die Nächte von St. Germain" (Nr. 12770), „Corrida auf den Champs-Élysées" (Nr. 12436), „Streß um Strapse" (Nr. 12435), „Wie steht mir Tod?" (Nr. 12891), „Kein Ticket für den Tod" (Nr. 12890), „Die Brücke im Nebel" (Nr. 12917) und „Die Ratten im Mäuseberg" (Nr. 12918).

Léo Malet

Ein Clochard mit schlechten Karten

Krimi aus Paris

Aus dem Französischen
von Hans-Joachim Hartstein

rororo
Rowohlt

Malets Geheimnisse von Paris

Les Nouveaux Mystères de Paris

Herausgegeben von
Pierrette Letondor und Peter Stephan

15. Arrondissement

Veröffentlicht im Rowohlt Taschenbuch Verlag GmbH,
Reinbek bei Hamburg, Oktober 1993

Umschlagillustration Detlef Surrey
Umschlagtypographie Walter Hellmann
Gesamtherstellung Clausen & Bosse, Leck
Printed in Germany
890-ISBN 3 499 12919 1

1

Der Dezember war relativ mild, aber dafür beglückte uns ein Nieselregen, Thema Nr. 1 bei allen Frisören und Concierges. War er nun besser als der Schnee, auf den wir normalerweise nach dem 15. Anspruch hatten, oder nicht? Jedenfalls brachte er nicht grade Glanz in die Rue de la Saïda.

Sicher, besser in der Rue de la Saïda wohnen als überhaupt nicht wohnen und unter den Brücken pennen. Aber trotzdem! Eine fröhliche Straße ist was anderes.

Die Frau, die mich anrief, wohnte in der Rue de la Saïda, eben in einem der Häuserblocks für schmale Brieftaschen. Verbrochen hatte den Bau wohl ein Architekt mit sehr ausgeprägtem Familiensinn und einem Arzt in der Verwandtschaft, der hier in der Gegend praktizieren mußte. Wie ich darauf kam? Die halsbrecherischen Eisentreppen außen an den Häusern brachten mich auf die Idee. Feuertreppen nennt man so was wohl, glaub ich. Oder Brandtreppen. Kann mich auch täuschen. Feuerfest war das Ganze ja vielleicht, brandneu aber bestimmt nicht. Ein verdammt düsterer Käfig, der zwei Häuser miteinander verband, feindselig, fünf Etagen hoch, dem Wind gnadenlos ausgesetzt. Kurz gesagt, nichts für Leute, die schwach auf der Brust sind. Hier konnte man sich prima den Tod holen. Und schon wären wir bei der Idee mit dem Arzt in der Familie...! Außerdem war das Ding nicht schlecht zur Abwehr von möglichen Geldeintreibern und Gerichtsvollziehern. So kommt alles wieder hübsch ins Gleichgewicht. Glück im Unglück, wenn man so will. Na ja, um in solchen Kaninchenställen zu wohnen, muß man sich wohl 'ne Menge dummes Zeug einreden!

Aber kehren wir wieder zu den Tatsachen zurück: Auf den

Treppengeländern hing tatsächlich Wäsche zum Trocknen. Wie optimistisch! Was unten abtropfte, tropfte der Scheißregen oben wieder drauf.

Von der Straße konnte man durch einen Gitterzaun auf eine Art Vorhof sehen, der ziemlich gleichmäßig mit Schlamm bedeckt war. Früher, so um '39, mußte das wohl mal ein Rasen gewesen sein.

Zwei Jungen standen mitten auf dem „Rasen" im Regen. Einer hustete ganz gefährlich. Sie sahen gedankenverloren zu einem Fenster hoch, vor dem ein blauer Slip mit Volants frische Luft schnappte. Abwechselnd blähte er sich in dem feuchten Wind auf und zog sich zusammen, wie ein Herz.

Ich trat durch das Gittertor. Obwohl ich ganz leise war, witterten mich die Schlingel. Ertappt drehten sie sich um. Sie rauchten, aber nur einer von beiden war so ungefähr in dem Alter, in dem das mehr oder weniger erlaubt ist. Sie unternahmen einen ungeschickten Versuch, die Kippen hinter dem Rücken zu verbergen.

Ich schwang meine Pfeife und sagte lachend:

„Keine Panik, Jungs! Ich qualm auch."

„Jaja", lachte der Größere zurück, ein Lümmel von etwa fünfzehn Jahren. Das pickelige Gesicht unter der schiefsitzenden Schirmmütze sah vorzeitig gealtert aus. „Jaja..." Hörte sich an wie: ‚Das heißt noch lange nichts', und gemeint war eine Gardinenpredigt, die ich eventuell auf Lager hatte. Sein Vertrauen in Erwachsene schien nicht riesig. Wenn er sich dafür ein Sandwich kaufen wollte, durfte er keinen großen Hunger haben...

Sein Kumpel machte einen ganz anderen Eindruck. Das leidende Engelsgesicht wirkte recht gefällig, die grauen Augen melancholisch, mit beinahe femininen Wimpern. Weniger mißtrauisch als sein Freund tippte er mit dem Zeigefinger an seine Mütze, die Kippe im Schnabel. Prompt war der nächste Hustenanfall fällig.

„Der kann überhaupt nicht rauchen", sagte der Ältere, die Zigarette jetzt ebenfalls lässig im Mundwinkel.

„Und du bringst es ihm bei, hm, Alter?“ fragte ich.

Keine Antwort. Er war voll und ganz damit beschäftigt, den Rauch durch seine zu lange Nase auszustoßen. Der andere hustete schön weiter. Das kam bestimmt nicht nur vom Rauchen. Ich warf einen Blick auf die Schuhe des Jungen. Weihnachten stand vor der Tür, aber diese schäbigen Latschen konnte man keinem Kamin zumuten. Sahen aus wie zwei gefräßige kleine Krokodile, die einem die Zähne zeigten. Vor einen ordentlichen Kamin gehören ordentliche schöne Schuhe. Gut und schön, wie man so sagt. Also keinen Kamin für den rauchenden Engel. Keinen Kamin, keinen Baum, die berühmte alljährliche Traditionstanne mit Schmuck und Kerzen und dem ganzen Kram. Pah! Zum Glück können sich nicht alle einen leisten. Vielleicht überkommt sie ja mal das Verlangen danach...

Ich schüttelte mich. Heraus kamen ein paar passende Flüche. Der Grund dafür war wohl der Anblick des Häuserblocks. Ich fing an zu bedauern, daß ich der Frau von Demessy ausgeredet hatte, mich in meinem Büro aufzusuchen. Aber ich seh mir gerne die Welt an und überrasche die Leute lieber in ihrer gewohnten Umgebung. Manchmal hilft das. Na ja, Umgebung gab es hier reichlich. Aber was konnte ich anderes erwarten als ein Gefühl von Niedergeschlagenheit? Wohnblocks, die gleich neben diesem trüben Viereck liegen, neben den Schlachthöfen von Vaugirard, dem Autofriedhof und dem Fundbüro! Sicher, solche Einrichtungen sind von öffentlichem Nutzen, ich hab ja gar nichts dagegen; aber zum Lachen gibt's hier entschieden weniger als in den Folies-Bergère. Eher zum Kotzen. Ich schüttelte mich noch einmal und verzog das Gesicht. Eigentlich war's mir scheißegal. Schließlich wohnte ich nicht hier. Mein Ausflug war rein beruflicher Natur. Allerdings wußte ich jetzt schon, daß mir das bestimmt nicht genug einbringen würde, um mir mit 'ner Tänzerin – zum Beispiel von den Folies-Bergère! – einen flotten Abend zu machen. Aber die haben meistens sowieso was anderes vor... Wie gesagt, Weihnachten stand vor der Tür, und schon mehr als einmal hatte ich für Paul Demessy den Weihnachtsmann spielen müssen. Angefangen damit, daß ich ihn vor einiger Zeit aus der Gosse gezogen hatte.

Ich blickte jetzt auch hoch zu dem blauen Nylonslip. Sah aus, als würde Marilyn Monroe persönlich drinstecken und ihren unglaublichen Tanz vorführen! Ein Stück Himmel in dem hoffnungslos traurigen, düsteren Grau-in-Grau, ein flatternder Protest.

Ich widmete mich wieder meinen beiden Halbstarken. Der Hustenengel hustete nicht mehr. Hatte seine Kippe weggeschmissen. Der andere grinste mich verschmitzt an.

„Hübsches Teil, hm?“ bemerkte er komplizenhaft. „Wollen Sie rauf, M'sieur?“

„Warum? Kann man da rauf?“

Er wiegte den Kopf hin und her.

„Wird erzählt…“

„Aber genau weißt du das nicht?“

„Tja…“, sagte er zögernd.

„Dann halt die Schnauze.“

Er hielt sie aber nicht. Im Gegenteil. Riß sie weit auf, sagte aber nichts. Die Kippe fiel aus seinem Mundwinkel in eine Wasserpfütze und erlosch zischend. Ich wandte mich an das Hustenmännchen:

„Wohnst du hier, Toto? Toto oder Pierre oder Paul…“

„Henri, M'sieur. Henri Lagrange. Ja, M'sieur, ich wohne hier.“

„Madame Demessy. Kennst du die?“

„Ja, M'sieur.“

„Kannst du mir auch sagen, wo die wohnt?“

Ich wußte es zwar, wollte ihn aber 'ne Kleinigkeit verdienen lassen. Sollte er sich doch von mir aus davon die nächste Schachtel Zigaretten kaufen. Das würde er sowieso tun. Ich gehöre nicht zu denen, die einem Clochard keinen Sou geben mit der Ausrede, daß der nichts Besseres zu tun hat, als das Geld in Rotwein umzusetzen. Ein Glas Rotwein kann manchmal nötiger sein als ein Stück Brot. Kommt ganz auf die Umstände an.

„Dritte Etage", sagte mein Engelchen und sah hoch.

Stimmt genau. Das Fenster mit der gehäkelten Gardine, als Muster zwei undefinierbare Tiere, dazu verdonnert, sich ewig und drei Tage anzustarren. Der blaue Slip tanzte in dem Fenster darüber.

„Vielen Dank, Kleiner."

Zweihundert Francs waren fällig.

„Danke auch, M'sieur", sagte er und knüllte die zwei Scheine in seiner kleinen Hand. „Ich bring Sie rauf."

Wir ließen den Großen mit der Schirmmütze stehen und stiegen die rutschige Eisentreppe hinauf. Plötzlich ging über uns ein Höllenspektakel los. Jemand donnerte die Treppen hinunter. Riskierte Kopf und Kragen. Die Absätze knallten auf die lärmempfindlichen Stufen. Von unten hörte man die Stimme der Großschnauze:

„Gehst du in den Bal Nègre, Jeanne? Hast deinen Slip vergessen... Machen die überhaupt schon so früh auf?"

Wie der Wind schoß die Angesprochene die Treppe runter. Am nächsten Absatz kriegten wir sie zu Gesicht. Sie bremste ab, lehnte sich über das Geländer und keifte nach unten:

„Ich kann mir mehrere kaufen, du kleines Arschloch! Und der Bal Nègre geht dich 'n Dreck an!"

Dann setzte sie ihren freien Fall fort. Als sie an uns vorbeiklapperte, lächelte sie. Ein junges Mädchen von achtzehn, na ja, zwanzig Jahren, kastanienbraunes Haar unter einem Kopftuch, blankgewetzte Kaninchenfelljacke, darunter ein Röckchen, das ihr nicht mal bis zum Knie reichte, von der Stelle an plissiert, wo die geringste Bewegung einen schwindlig macht. Die hübschen Beine steckten in feinen Nylonstrümpfen und die Füße in hochhackigen Schuhen. Das Gesicht war ebenfalls hübsch, nicht zu aufdringlich geschminkt. Nicht unelegant, diese Jeanne. Sie sprühte nur so vor Gesundheit und Lebensfreude. War wohl die einzige hier in der Gegend. Lärmend verschwand sie nach unten. Der Wind, der durch die Geländerstäbe pfiff, wehte ihr Parfüm zum Teufel. Ein feines, einschmeichelndes, dunkel erotisches Parfüm, nicht gerade sparsam aufgetragen. Paßte gar nicht so recht zu der Kaninchenjacke. Dieselbe Duftnote hatte ich schon häufiger bei Hélène schnuppern dürfen, meiner Sekretärin. Ziemlich teures Zeug. Ich sah kurz hinunter auf den Hof. Das Mädchen versuchte, einen großen Bogen um den Jungen zu machen. Der aber versperrte ihr den Weg. Sie wechselten ein paar heftige Worte, und schon fing sich der freche Kerl 'ne Ohrfeige. Wie ein begossener Pudel stand er da im Dreck, die lange Nase in dem jetzt ebenfalls langen Gesicht. Das Mädchen ging in Richtung Rue Olivier-de-Serres. Irgendwo wurde ein Fenster aufgerissen, und eine heisere Frauenstimme schrie:

„Fernand, jetzt reicht's! Komm endlich essen!"

Der Vollständigkeit halber wurden noch ein paar saftige Flüche nachgereicht, und der Junge verschwand tatsächlich in einem der Häuser.

Ich ging mit meinem Fremdenführer weiter nach oben. Auf dem Treppenabsatz der dritten Etage kam uns eine Frau entgegen. Ihre Wohnungstür stand offen.

„Das ist M'ame Demessy, M'sieur", sagte der Kleine.

„Danke."

„Wiedersehn, M'sieur."

„Wiedersehn."

Er drehte sich auf den schiefgelaufenen Absätzen um und ließ uns allein. Ich nahm die Pfeife aus dem Mund und den Hut vom Kopf.

„Guten Tag, Madame", begann ich. „Mein Name ist Nestor Burma. Wir sind uns schon mal begegnet, aber nicht jeder hat ein gutes Gedächtnis für Gesichter."

Ich verkniff mir die Bemerkung, daß sich außerdem fast jeder im Laufe der Jahre verändert. Madame Demessy – der Titel war geklaut – hatte sich jedenfalls seit unserer letzten Begegnung sehr verändert.

„Guten Tag, Monsieur", antwortete sie. „Ich habe Sie sofort erkannt."

Ihre Stimme war tief und klang träge. Überhaupt war die Frau vor mir eine ziemlich trübe Tasse, blond, weder hübsch noch häßlich, mit Kuhaugen und geröteten Lidern. Typ Bauerntrampel mit entsprechendem Fahrgestell, aber ohne entsprechende Farbe im Gesicht. Sah ziemlich mitgenommen aus. Wenn ich mich recht erinnerte, hieß sie Hortense; und Demessy, weil sie ein braves Mädchen war. Mir zu Ehren wahrscheinlich hatte sie sich in Schale geschmissen. Das Ergebnis war so was Ähnliches wie 'n Sonntagsstaat. Ihr Alter konnte ich schlecht schätzen. Wußte nur noch, daß sie mit Riesenschritten auf die Vierzig zuging. Aber eins sah man ihr an, wenn auch nicht an der Nasenspitze: sie war schwanger, und das nicht erst seit fünf Minuten. Wußte ich aber auch schon.

„Wo fehlt's denn?“ fragte ich. Einigermaßen unpassend.

„Kommen Sie doch rein“, sagte sie anstelle einer Antwort.

Das Eßzimmer war winzig klein, spärlich möbliert, aber peinlich sauber. Die Häkelgardine mit den komischen Tieren machte das Ganze auch nicht fröhlicher, im Gegenteil. In der Luft hing ein Geruch von Wasch- und Mottenpulver. Der erste kam aus der Küche nebenan, der zweite aus den Sonntagskleidern. Kein Essensgeruch, obwohl es Zeit zum Mittagessen war. Vielleicht hatte meine Gastgeberin keinen Hunger. Und in der Einladung war schließlich davon nicht die Rede gewesen. Madame Demessy nahm mir den Hut aus der Hand und legte ihn auf den Tisch. Dort wartete schon eine noch jungfräuliche Flasche Martini samt Glas, offensichtlich extra für mich gekauft. Madame schob mir einen Stuhl hin.

„Setzen Sie sich doch bitte, Monsieur... Sie können gerne rauchen“, fügte sie hinzu, als sie die Pfeife in meiner Hand sah. „Und wenn Sie etwas trinken möchten...“

Ich steckte mir die Pfeife wieder zwischen die Zähne und setzte mich. Auch sie setzte sich, träge und schwer. Vorher hatte sie noch einen Blick in die Runde geschickt, so als sähe sie das Zimmer hier zum ersten Mal. Dann hüstelte sie verlegen.

„Es ist mir außerordentlich peinlich“, begann sie schließlich, „daß ich Sie hier empfange... Nicht daß ich mich wegen der Wohnung schäme, aber... na ja... äh... doch, ein wenig schäme ich mich schon... Wir sind nicht reich..."

Ich blies eine Rauchwolke in die Luft.

„Armut ist keine Schande", sagte ich. Reichtum auch nicht, dachte ich für mich. Das mit der Armut ist so ein Allgemeinplatz fürs einfache Volk. Dringend nötig, um so manches zu ertragen, wie ich vor ein paar Minuten gesehen hatte.

Armut keine Schande! Zum Teufel mit den Volksweisheiten! Dann ist Reichtum wohl ein Laster, das nicht billig zu haben ist, oder?

„Warum wollten Sie nicht, daß ich Ihnen meine Sorgen in Ihrem Büro erzähle, M'sieur Burma?"

Aus ihrer Stimme war ein deutlicher Vorwurf zu hören.

„Ich bin für meine Klienten da, nicht umgekehrt", zog ich mich aus der Affäre.

Sie seufzte:

„Ja, ja... Entschuldigen Sie..." Sie zeigte auf die Flasche. „Möchten Sie nichts trinken?"

„Einen kleinen Schluck vielleicht."

„Bedienen Sie sich?"

Ich bediente mich. Es wurde ein großer Schluck.

„Ja, Sie sind für Ihre Klienten da", wiederholte sie, während ich schluckte. „Oder vielleicht haben Sie gemerkt... Sie haben's bestimmt gemerkt... Sie haben angenommen, daß ich Sie hinter Pauls Rücken angerufen habe, und das hat Ihnen nicht gefallen, und Sie haben sich gesagt, wenn Sie herkommen..." Sie schüttelte den Kopf. „Wie dumm von mir... Zu glauben, daß Sie mir helfen werden..."

Ich stellte das Glas auf den Tisch.

„Aber, aber! Immer mit der Ruhe... Warum zum Teufel sollte ich Ihnen nicht helfen? Ob hinter Pauls Rücken oder nicht... Wo ist er übrigens?"

Sie faltete ihre abgearbeiteten dicken Hände vor ihrem runden Bauch.

„Das ist es ja eben", sagte sie seufzend. „Er ist verschwunden."

2

Ich veränderte meine Sitzhaltung. Der Stuhl protestierte.

„Verschwunden?" fragte ich.

„Oh!" Die Frau machte eine weitausholende Geste. „Er ist nicht entführt worden oder gekidnappt, wie man das nennt. Er hat sich auch nicht in die Seine geworfen oder so was. Nein, er hat mich sitzenlassen, ganz einfach sitzenlassen..."

Sie stieß ein bitteres Lachen aus.

„Hübsch, so Kinder, was, M'sieur? Ganz allerliebst! Bringen Freude und Licht ins Haus, nicht wahr? Sagt man jedenfalls... Ja, Scheiße... In irgendeinem Käseblatt hab ich neulich was gelesen über das Drama der Kaiserin von Persien und dieser Schauspielerin... Jane Russell. Können beide keine Kinder kriegen. Untröstlich sind sie, die Damen! Alles zum Teufel! Das Leben hat keinen Sinn mehr! Scheiße, uns passiert so'n Drama nicht! Kinder kriegen wir genug, aber Geld... Keinen müden Sou..."

Sie strich sich über den Bauch.

„Dem armen Wurm hier drin mach ich das nicht zum Vorwurf. Der kann nichts dafür. Schließlich bin ich keine Rabenmutter..."

Ihre Augen füllten sich mit Tränen.

„Aber wegen ihm hat Paul mich bestimmt sitzenlassen. Wir sind schon zu zweit schlecht genug zurechtgekommen, verstehen Sie? Und jetzt noch ein Maul mehr zu stopfen... Aber was soll denn aus mir werden, ganz alleine? Was soll aus mir werden?"

Ich kapierte. Von drei oder vier Kindern an aufwärts, gleichmäßig auf die Jahre verteilt, kann man sich 'n Haufen Haushaltsgeräte anschaffen, mit den Kinderprämien, Beihilfen usw. Aber ein einziges, das ist eine Katastrophe... Ich schielte verstohlen auf den Bauch der hoffnungsvollen Frau. Mit Fünflingen wär das Problem mehr oder weniger gelöst gewesen. Ich bin zwar kein Gynäkologe, aber für mehr als einen schien mir da drin kein Platz zu sein.

„Was Sie mir da erzählen, macht mich traurig", sagte ich. „Hätte nicht gedacht, daß Demessy so'n Schwein ist. Erst das Vergnügen, und dann nichts wie weg. Als ich ihn kennengelernt habe, war er 'n anständiger Kerl."

„Wie lange ist das her?" fragte sie sich schneuzend.

„Über zehn Jahre."

„Na ja", entschied sie, „in zehn Jahren kann man sich verändern."

„Muß nicht sein. Aber ich hab ihn zwischendurch hin und wieder mal gesehen, und... Na ja, natürlich, man kann sich verändern."

Pause. Hortense Demessy zauberte irgendwoher ein Taschentuch hervor, tupfte sich die Augen und schneuzte sich dann geräuschvoll.

„Ein anständiger Kerl!" brummte sie achselzuckend. „Vielleicht doch nicht so anständig."

Ich zuckte meinerseits jetzt die Achseln. Klar, sie mußte ihn besser kennen als ich, oder? Schließlich lebte sie mit ihm zusammen, nicht ich. Das sagte ich ihr auch.

„Ja", antwortete sie, „ich habe mit ihm zusammengelebt. In wilder Ehe. Vielleicht bin ich ungerecht, aber mir hat es nie gepaßt, daß er nicht heiraten wollte. Ich hätte nämlich gerne eingewilligt. Hab oft von Heirat gesprochen. Was soll's? Ich bin eine einfache Frau, mit einfachen Vorstellungen. Bin oft drauf zu sprechen gekommen. Aber er hat die Entscheidung immer wieder auf später verschoben. Schließlich hab ich die Hoffnung ganz aufgegeben. Wenn wir doch auch so glücklich waren, hm? Glücklich..." Sie seufzte und sah böse zu den Häkelgardinen rüber. „... so weit man das sein kann, wenn man am Hungertuch nagt. Aber jetzt krieg ich's knüppeldick. Großer Gott! Was halten Sie davon? Man teilt sein Leben mit jemandem, aber man will nicht heiraten. Nein, vielleicht war er gar nicht so anständig."

Ich schickte ihren Seufzer zurück, gewürzt mit etwas Tabakduft.

„Ich glaube", sagte ich, „Sie sind tatsächlich ungerecht. Man kann die Ehe sehr gut als eine überflüssige Formalität betrachten, ohne sich deshalb wie ein Schwein zu benehmen... Hören Sie", fuhr ich fort, weil ich ungern bei diesem heiklen Thema bleiben wollte. „Er ist verschwunden oder hat Sie verlassen. Jedenfalls haben Sie ihn nicht mehr gesehen, seit... Seit wann?"

„Seit drei Tagen."

„Und ich soll ihn wirklich wiederfinden und zu Ihnen zurückbringen?"

„Das hatte ich gehofft... aber heute weiß ich, ich bin eine dumme Kuh."

„Das heißt?"

„Sie kennen mich ja gar nicht. Paul hat mich Ihnen einmal vorgestellt, das ist jetzt schon eine Ewigkeit her; aber kennen tun Sie mich nicht. Also haben Sie überhaupt keinen Grund, mir zu helfen... Wenn er mit einer anderen Frau abgehaun ist oder mich nicht mehr wiedersehen will... wegen dem Kind, das ich im Bauch habe... dann werden nicht ausgerechnet Sie, ein Freund von ihm..."

Sie beendete ihren Satz nicht. Holte tief Luft und hielt sie an.

„Also", sagte ich. „Ist er nun mit einer anderen durchgebrannt oder allein abgehaun? Haben Sie Gründe, mehr an das eine oder an das andere zu glauben?"

„Ach, ich weiß gar nichts mehr, und dann... Ich bin's leid, so leid! Die Männer halten zusammen. Wie dumm von mir, das Gegenteil anzunehmen. Gehen Sie jetzt, M'sieur. Entschuldigen Sie, daß ich Sie belästigt habe."

Die Stimme versagte ihr. Sie schlug die Hände vors Gesicht und brach in hysterisches Schluchzen aus. Ich ließ sie nach Herzenslust schluchzen. Das erleichtert. Es tat ihr gut.

Sobald sie sich ausgeschüttet hatte, konnte man vielleicht vernünftiger mit ihr reden.

Der Himmel ließ Hortense Demessy nicht im Stich. Auch er öffnete seine Schleusen. Es goß jetzt in Strömen. Sogar der Wind drehte noch auf. Er heulte ums Haus und pfiff durch den Käfig der Außentreppe. Der Regen wurde gegen die Fensterscheiben gepeitscht. Die beiden zoologischen Häkelmonster schienen sich darüber lustig zu machen. Sie kriegten ja keine nassen Füße. In den Fensterrahmen knarrte es arthritisch.

Mit der Zeit beruhigte sich die Frau wieder. Endlich nahm sie die Hände vom Gesicht und ließ sie auf ihren gesegneten Leib sinken. Sie hob den Kopf und sah mich durch den Tränenschleier hindurch an.

„Sie sind ja noch da“, stellte sie erstaunt fest.

„Ja, ich bin immer noch da“, bestätigte ich. „Und wenn ich weggehe, dann nur, um wiederzukommen. Und wenn ich wiederkomme, bringe ich Ihren Mann mit. Und wenn ich ihn nicht mitbringe, brauchen Sie sich trotzdem um Ihre Zukunft und die Ihres Kindes keine Sorgen zu machen. Ich werd ihn schon dazu zwingen, seinen Verpflichtungen nachzukommen. Demessy schuldet mir so einiges. Hab ihn aus der Gosse geholt. Ohne mich würde er immer noch unter den Brücken schlafen. Das werd ich ihm wieder in Erinnerung bringen.“

„Ja“, seufzte sie halbherzig und trocknete mit dem Taschentuch die Tränen. „Ja, er hat mir erzählt, daß er Clochard war und Sie ihn da rausgeholt haben. Aber... deswegen, ja...“ Sie schneuzte sich wieder. „Sie waren bestimmt dicke Freunde, daß Sie...“

Die Zweifel kehrten zurück. Ich wischte sie mit einer Handbewegung zur Seite.

„Sie täuschen sich“, sagte ich. „Weder dick noch Freunde. Hatten uns vorher noch nie gesehen. Rein zufällig hab ich ihn an der Place Maubert getroffen, zusammen mit anderen Pennern. Er war mir von Anfang an sympathisch. Deswegen versteh ich auch sein jetziges Verhalten nicht. Natürlich, man kann sich ändern, wie Sie schon sagten. Und wenn sich ein Kind ankündigt, sind die Leute meistens kaum wiederzuerkennen. Aber so mancher Familiengegner verwandelt sich ins Gegenteil, wenn das Kind erst mal da ist. Verblödung im Kreis der Familie nennt man das. Ein Teufelskreis manchmal…"

„Ich dachte, man kommt nur schwer wieder raus", flüsterte sie, ganz in Gedanken.

„Wo raus? Aus dem Familienkreis?"

„Aus der Gosse."

„Da kommt man nie raus", erwiderte ich entschieden. „Nie! Nur unter ganz besonderen Umständen. Demessy hatte Glück im Unglück, das ist alles. Ich brauchte einen, auf den bestimmte Dinge zutrafen. Und auf Demessy trafen sie zu. Auf andere Clochards auch, aber er war mir am sympathischsten, am wenigsten hoffnungslos."

„Waren Sie damals bei der Heilsarmee?"

„Nein", lachte ich. „Privatdetektiv, wie jetzt. Aber ich gehörte einer Art Organisation an zur Wiederbelebung von Clochards, die's verdient haben."

„Und Sie haben ihm Arbeit besorgt?"

„Ja."

„Und war das… äh…" Sie zögerte. „War das eine ehrliche Arbeit?"

„Es *war* eine ehrliche Arbeit", versicherte ich ihr. Entsprach sogar fast der Wahrheit. „Warum fragen Sie?"

„Ich weiß nicht. Aber er hat mir nie richtig erzählt, wie Sie ihn wieder auf die Beine gestellt haben. Darf man Geheimnisse haben unter Leuten, die… die sich lieben, die zusammenleben?"

„Vergessen Sie's", riet ich ihr. „Das sind alte Geschichten."

Auf ihren mißtrauischen Blick hin gab ich noch weitere Erklärungen, die keine waren.

„Die Arbeit hatte was mit meinem Beruf zu tun. Das mit der Organisation zur Wiederbelebung von Clochards sollte nur 'n Scherz sein. Demessys Arbeit war leicht und gut bezahlt. *Cash*. Sehr wichtig, um wieder auf die Beine zu kommen. Mit Almosen kann man keinen von den Brücken weglocken. Wer das meint, hat noch keine Not kennengelernt. Die richtige Not, ganz unten. Durch die Arbeit konnte Demessy ein Zimmer bezahlen und sich ordentliche Klamotten kaufen, mit denen er sich in jedem Personalbüro sehenlassen konnte. Und er wollte tatsächlich feste Arbeit finden, um sich endgültig auf den Beinen zu halten. Auch dabei hab ich ihm geholfen, eben weil er's verdiente. Hab meine Beziehungen spielen lassen. Aber wie gesagt, das sind alte Geschichten. Kehren wir wieder in die Gegenwart zurück. Demessy hat Sie sitzenlassen, und ich soll ihn wieder zurückholen, hm? Ist es so?"

„Ja."

„Gut, ich hole ihn wieder zurück."

„Vielen Dank, M'sieur", sagte sie, als hätte ich ihn schon in der Tasche.

„Er arbeitet, nicht wahr?"

„Arbeitete", korrigierte sie mich. „Ich hab mich an Sie gewandt, weil ich keinen anderen Ausweg mehr wußte. Zuerst hab ich selbst... äh... Nachforschungen angestellt. So nennt man das doch, oder?"

„Ja, so nennt man das."

„Sehen Sie, Dienstag fing's an..."

Sie nahm zur Sicherheit die Finger zur Hilfe.

„Montag ist er zur Arbeit gegangen... Er war bei Citroën, im Walzwerk. Quai de Javel... Nach der Arbeit ist er nach Hause gekommen, wie üblich. Aber am Dienstag ist er morgens weggegangen und nicht mehr wiedergekommen. Als er am Mittwoch immer noch nicht wieder da war, bin ich zur Fabrik gegangen. Dort hatten sie ihn auch nicht gesehen. Hat mich nicht sehr überrascht. Wenn man jemanden verlassen will, wird man sich nicht an einem Ort aufhalten, den der andere kennt, oder?"

„Hat er seinen Restlohn verlangt?"

„Nein."

„Waren Sie noch einmal bei Citroën?"

„Gestern, ja."

„Resultat?"
„Keine Spur von ihm. Da hab ich Sie angerufen."
„Und die Flics?"
„Die Flics?"
„Haben Sie die benachrichtigt?"
„Nein", sagte sie verlegen.
Ich ging nicht weiter darauf ein.
„Haben Sie seine Arbeitskollegen gefragt?"
„Nein. Ich hatte beschlossen, mich an Sie zu wenden. Ich dachte, Sie könnten das besser als ich."
„Stimmt."
„Und außerdem schämte ich mich. Und Angst hatte ich auch. Da sind so viele Araber."
„Könnten Sie mir einen oder zwei Namen nennen?"
„Von den Arabern?"
„Von seinen Bekannten."
„Na ja. Da ist einmal Monsieur Froment. Arbeitet auch bei Citroën. Wohnt im Haus nebenan, unterm Dach. Ich hab ihn gefragt, ob er was wüßte. Als Nachbarn kennen wir uns ja ein wenig. Mit ihm konnte ich leichter darüber sprechen als mit anderen. Aber er weiß nichts."
„Und seine anderen Kollegen vom ... vom Fließband?"
„Die kenne ich nicht mit Namen."
„Macht nichts. Werd mich schon durchfragen."
„Sein Vorarbeiter heißt Rieussec, wenn Ihnen das was nützt..."
Ich notierte mir die dürftigen Informationen: Name des Nachbarn, Name des Vorarbeiters, Telefonnummer des Walzwerkes. Dann fragte ich:
„Könnte ich einen Blick auf seine Sachen werfen? Falls er sie nicht mitgenommen hat..."
Falls er sie mitgenommen hatte, wollte er Hortense samt Gör sitzenlassen. Zwar nicht schön, aber besser, als wenn er sie nicht mitgenommen hatte. Für seine Gesundheit, meine ich. Denn dann war ihm was Unerfreuliches zugestoßen. Allerdings konnte ich mir nicht so recht vorstellen, was einem

Arbeiter zustoßen sollte. Denn finanziell steht so einer nackter da als etwa ein reicher Erbe. Obwohl... Mancher Rumtreiber hat schon für weniger als tausend Francs den Galgen riskiert.

„Kommen Sie", sagte die Frau. „Wir haben unsere Sachen im Schlafzimmer. Viel ist es ja nicht..."

Also auf ins Schlafzimmer!

Ich wühlte in den Taschen seiner Jacke und seiner Hose (beides Kandidaten für den Müll) und in den Taschen seines geflickten Overalls. Alles für die Katz. Dann inspizierte ich den Nachttisch, rustikal mit Fach für den Pinkelpott. In der Schublade fand ich ein schmutziges Taschentuch, ein Röhrchen Aspirin, ein Thermometer im Etui, einen Kugelschreiber, zwei zerlesene Bücher und ein Schulheft. Die zwei Bücher handelten von Mechanik. Die Notizen und Zeichnungen in dem Heft hatten ebenfalls was damit zu tun.

„Ist er Hilfsarbeiter oder Mechaniker?" fragte ich.

„Hilfsarbeiter. Aber seit etwa einem Jahr hat er angefangen, sich für Mechanik zu interessieren. Hilfsarbeiter zu sein, hatte er satt. Er wollte weiterkommen. Aber er hat's nicht geschafft, ich weiß nicht warum. Dabei kann er so schlecht gar nicht sein. Er hat nämlich bei einem Bekannten in der Autowerkstatt geholfen. Ganz hier in der Nähe, Porte de la Plaine."

Ich blätterte in dem Heft. Wäre etwas übertrieben zu sagen, ich könnte keine Schraube von einer Wäscheklammer und kein Getriebe von einer Batterie unterscheiden. Aber viel fehlt nicht. Von den Notizen und Skizzen konnte ich jedenfalls nicht auf Demessys Mechanikertalent schließen. Vielleicht war das ja für die Nachforschungen nicht so wichtig. Wenn doch, dann konnte mir der Kerl von der Autowerkstatt bestimmt Näheres über die Fähigkeiten seines Aushilfsmechanikers sagen. Ich erkundigte mich nach dessen Namen.

„M'sieur Jannin", sagte die Frau von Demessy.

Ich notierte auch das und legte Bücher samt Heft zurück in die Schublade.

„Ist alles da?" wollte ich noch wissen.

Die Frau zeigte auf ein Regal.

„Da sind noch mehr Bücher."

Weitere Schulbücher standen neben einem Liebesroman, zwei oder drei Kriminal- und mehreren Spionageromanen. Routinemäßig blätterte ich sie durch, wedelte sie hin und her, um eventuelle Papiere aus den Seiten rausfallen zu lassen. Vielleicht hätte draufgestanden: „Bin da und da, komme dann und dann zurück", oder: „Wärm die überbackenen Kartoffeln auf, Fleisch ist im Kühlschrank." So wie im Kino oder in den Büchern, die ich grade in der Hand hielt. Aber aus ihnen fiel kein Zettel. Nur Staub. Eine wissenschaftliche Analyse hätte mir bestimmt nicht weitergeholfen. Ich brach die Suche ab mit der Bemerkung:

„Ich meinte vor allem seine Kleider."

„Das ist alles, M'sieur."

„Und es fehlt nichts?"

„Na ja, nur das natürlich, was er anhatte, als er wegging. Eine graue Jacke, einen grauen Pullover, eine Cordhose und einen Regenmantel."

„Fällt sein Verschwinden mit dem Zahltag zusammen?"

„Nein, der war die Woche vorher."

Dann hatte man ihn also nicht überfallen und in die Seine geschmissen, um an seine Brieftasche zu kommen. Vielleicht war er in eine Prügelei mit Besoffenen geraten.

„Hat er getrunken?" fragte ich. „Ich meine, soviel, daß er betrunken war?"

„In letzter Zeit, ja, etwas..."

„Zu Hause oder in Kneipen?"

„In Kneipen."

„In welchen?"

„Weiß ich nicht..."

Sie seufzte wieder, die Hände auf dem Bauch gefaltet:

„Das Kind... Deswegen hat er getrunken. Seit ich schwanger bin, ist er nicht mehr derselbe... Das hat ihn völlig umgehaun."

„Haben Sie nicht... äh... Haben Sie nicht versucht, es abtreiben zu lassen?"

„Daran hab ich nicht gedacht", antwortete sie. Es war nicht rauszuhören, ob sie's bedauerte oder ablehnte.

„Und er?"

„Er hat sich nie geäußert."

Aber gedacht hatte er daran. Ich wußte es.

Wir gingen ins Eßzimmer zurück. Sie setzte sich wieder. Ich blieb stehen und sagte:

„Also gut, ich werd sehen, was ich tun kann... äh... Verstehen Sie mich nicht falsch, aber Sie befinden sich in einer... äh... schwierigen Lage. Deswegen will ich kein Honorar. Im Gegenteil. Wenn Sie etwas brauchen..."

„Aber ich brauche nichts", erwiderte sie. „Er hat mich nicht ohne einen Sou zurückgelassen. Hat sogar noch ein paar Scheine in unsere kleine Kasse gelegt, als er den letzten Tag hier war."

„Ach!"

„Ja. Das hab ich beim Kassensturz gemerkt."

„Sehen Sie, so schlecht ist er doch nicht!"

„Ich weiß es nicht. Mir schwirrt der Kopf. Übrigens, mit dem Geld... Vielleicht hab ich Sie deshalb gefragt, ob das eine ehrliche Arbeit war, die Sie ihm damals besorgt haben. Meine Schwangerschaft hat ihn umgehaun, wie gesagt; und wenn er schon mal auf der schiefen Bahn war, könnte er vielleicht... Na ja, vor etwa einem oder zwei Monaten, ja, vor sechs Wochen kam er mit etwas mehr Geld als üblich nach Hause. Mindestens zwanzigtausend mehr. Er hat mir nichts gesagt, aber... na ja, ich hab's gemerkt."

„Und er? Hat er gemerkt, daß Sie's gemerkt hatten?"

„Ja. Ich hab ihn gefragt, woher das Geld kam."

„Und?"

„Er hat gelacht und gesagt, er müsse an die Zukunft denken. Er habe das Geld geliehen."

„Was Sie nicht geglaubt haben. Sie dachten, er hätte es geklaut..."

„Er hat sich so verändert, seit ich schwanger bin. Möglich ist alles."

„Ach, und deswegen haben Sie die Flics nicht benachrichtigt..."

„Ja. Ich will nicht, daß er Ärger kriegt. Ich will mich nicht rächen. Ich will nur, daß er mich nicht verläßt, daß er uns nicht verläßt, das Kind und mich, daß er zurückkommt."

„Machen Sie sich keine Sorgen. Wenn es nur von mir abhängt, kommt er zurück. Und das Geld... Zerbrechen Sie sich nicht den Kopf darüber, wie er dazu gekommen ist. Vielleicht hat er sich's tatsächlich geliehen. Nicht alle Leute sind Arschlöcher. Es gibt auch nette, die einem mal aushelfen."

Sie schüttelte den Kopf.

„Wenn er's geliehen hat, weiß ich nicht, ob ich mich darüber freuen soll. Stellen Sie sich vor, der Mann, der es ihm geliehen hat, kommt und verlangt es zurück, von mir, heute oder morgen! Das hätte mir noch gefehlt."

„Zerbrechen Sie sich darüber nicht den Kopf", wiederholte ich. „Wenn das passiert, werden wir schon weitersehen."

„Ja. Jedenfalls, mit dem Honorar... Gut, daß Sie davon angefangen haben. Ich..."

Ich wischte das Problem mit einer Handbewegung zur Seite. „Später. Irgendwann."

Aber die Frau widersprach:

„Nein, nein. M'sieur, ich kenne mich. Sie müssen ein Honorar nehmen, wenn auch nur ein kleines. Sonst meine ich, daß Sie mir nicht ernsthaft helfen wollen."

„Na gut. Wenn Sie unbedingt Geld loswerden wollen... Zwei- oder dreitausend reichen für die Anfangsspesen. Später werden wir sehen."

Sie stand auf und ging zum Buffet. Aus der Schublade holte sie eine alte Keksdose, die zum Tresor avanciert war. Die Frau nahm zwei Fünftausender und einen Eintausender heraus. Einer der Fünftausender wanderte zu mir. Ich hatte keine Lust, darüber zu streiten. Also schob ich den Schein in die Tasche. Bei der nächsten Gelegenheit würde ich ihn ihr wieder zurückgeben. Dann trank ich den Rest aus meinem Glas und schnappte mir meinen Hut.

„Ich werd Sie auf dem laufenden halten“, versicherte ich meiner neuen Klientin.

„Bringen Sie ihn zu mir zurück“, flehte sie. „Das war bestimmt nur eine Kurzschlußhandlung, er hat alles nur noch schwarz gesehen.“

„Bestimmt.“

„Er läßt mich doch nicht einfach so sitzen! Was soll denn aus mir werden, mit dem Kind? Ich spür schon die schwere Last auf meinen Schultern...“

„Kommen Sie, regen Sie sich nicht jetzt schon so auf! Ist gar nicht gut für Ihren Zustand.“

Sie brachte mich hinaus. Der Wind fegte über die Außentreppe. Es regnete immer noch. Irgendwo pladderte das Wasser aus einer übervollen Regenrinne auf sonore Mülleimerdeckel.

„Sagen Sie“, fragte ich noch zum Abschied, „wer ist die junge Frau, der ich vorhin auf der Treppe begegnet bin? Jeanne heißt sie.“

Die wilde Ehefrau von Demessy verzog verächtlich den Mund.

„Meinen Sie Jeanne Marigny?“

„Kann sein. Weiß ich nicht. Ich glaube, sie wohnt über Ihnen.“

„Ja, die Tochter der Witwe Marigny, 'ne Rumtreiberin.“

„Die Witwe?“

„Nein, die Tochter. Warum fragen Sie?“

Weil ich mich sowohl für Witwen als auch für Halbwaisen zuständig fühle, hätte ich antworten können. Aber ich hielt mich zurück.

„Nur so“, sagte ich.

Sie runzelte die Stirn.

„Hm... Nur so! Vermuten Sie vielleicht, daß Paul und die...“

„Ja?“

„Daß sie was zusammen hatten?“

„Also, das werden Sie doch wohl besser wissen als ich. Haben Sie was bemerkt?"

Sie brummte:

„Ob ich was bemerkt habe... Alle Männer im Haus ziehen über sie her; aber alle sind scharf auf sie, ob jung oder alt."

Ich lächelte.

„Oder auf ihre Slips."

„Ach! Sie also auch!"

„An so was kann man nicht vorbeisehen."

„Die kleine Schlampe behauptet, das würde die Fassade verschönern!"

„Finden Sie das nicht?"

„Herrgott! Das fragen Sie mich? Und außerdem geht Sie das überhaupt nichts an."

„Würd ich nicht so sagen. Auf Wiedersehn. Madame Demessy. Sobald ich was weiß, sag ich Ihnen Bescheid."

Ich kämpfte mich die Treppe hinunter. Der Wind war meinem Hut böse, kannenweise schüttete er Regen in meinen Kragen. Ich fühlte mich wie auf hoher See, bei Windstärke 12. Dann hatte ich endlich wieder festen Boden unter den Füßen. Ich ging über den verlassenen Hof durch das Gittertor. Von dort gönnte ich mir noch einen Blick auf die Fassade. Im Fenster in der dritten Etage ödeten sich noch immer die beiden Häkelmonster an. Darüber vollführte der patschnasse blaue Nylonslip Freudensprünge.

3

Mein Wagen stand in der Rue de Dantzig, am Gitterzaun des Schlachthofs (In der Gegend gibt's 'ne Menge Gitterzäune!). Von dort fuhr ich zur Kreuzung Rue de la Convention und Rue de Vaugirard.

Meine Sekretärin Hélène muß sich doch wohl häufiger in Bistros rumtreiben, als sie zugibt. Von ihr wußte ich nämlich, daß Rivalet jetzt an eben dieser Kreuzung Inhaber eines schikken Café-Restaurants war. Wir kannten ihn aus der Zeit, als er noch ein einfaches Bistro hatte, direkt gegenüber meinem Büro. Da ich gerade in der Gegend war, wollte ich kurz bei ihm reinsehen. Konnte nicht schaden. Außerdem hatte ich Hunger. Und den konnte ich bei ihm stillen. Ein prima Kerl, dieser Rivalet. Leider sah ich ihn kaum in der letzten Zeit.

Ich parkte in der Rue Alain-Chartier, gleich hinter dem Kino Gaumont. Rund um den Eingang zur Metro standen die üblichen Buden, wie überall in Paris vor den Festtagen. Allerdings wurden sie heute nicht belagert. Der Regen hatte sich in eine Art Schneeregen verwandelt. Sehr ungemütlich. Die Benutzer der Metro würdigten die Lotterie- und Schießbuden keines Blickes. Nur die Tauben schienen sich dafür zu interessieren. Vor allem die Gewehre auf den Theken hatten es ihnen angetan. Sah aus, als machten sie sich über die Schießprügel lustig. Die Gefräßigsten unter ihnen zankten sich um die Brotkrümel, die eine alte Dame ihnen hinwarf. Manchmal startete eine der Tauben einen Flugversuch, von einem Auto hochgeschreckt. Oder um nicht aus der Übung zu kommen. Der Versuch endete dann auf dem Vordach des Kinos, wo schon die Kollegen saßen. Unter ihnen prangte das grelle Plakat des aktuellen Films. Eine lachende Schönheit war darauf zu sehen, mit aus- und eindrucksvollen Brüsten. Aber die dummen Vögel ließen sich wenig davon beeindrucken. Die verdächtigen Spuren auf dem Plakat zeugten nicht mal von Respekt für die transalpine Schönheit.

Das Café-Restaurant des ehemaligen Bistromanen hieß ganz konventionell *A la Convention*. Von kühner Phantasie konnte hier keine Rede sein. Ich trat in die angenehme Wärme, in den Duft von Tabak und Kaffee. An der Theke saßen drei Gäste vor ihren Getränken und quatschten. Einer bemerkte gerade, der Schuß habe nicht viel Aufsehen erregen können, direkt neben den Schießbuden... Der zweite fügte hinzu, ja, genauso sei's gewesen. Und der dritte fragte den Barkeeper, ob der Mann tot sei. Ja, antwortete dieser ohne besondere Anteilnahme. Im übrigen waren sich alle vier über das Sauwetter einig. Keiner von ihnen ähnelte Rivalet. Der junge Mann hinter der Theke sortierte Geldstücke der Größe nach in die halbrunden Fächer der Kasse. Er erinnerte mich an nichts und niemanden. Rivalet hatte zwar einen Sohn, aber der hier war's nicht. Ich ließ ihn sortieren und die Gäste quatschen und ging in den gemütlichen Eßsaal. Ein paar unauffällige Paare aßen schweigend. Ich setzte mich ans Fenster, von dort aus konnte ich die Straße überblicken. Das heißt, zunächst sah ich auf den Rücken des Austernhändlers, der sich über seine Körbe beugte. Ich bestellte ein Beefsteak. Es wurde gebracht, und kauend dachte ich an Demessy.

Um ehrlich zu sein, der Kerl enttäuschte mich etwas. Hätte ihn für anständiger gehalten. Früher war er's gewesen. Vor allem hätte ich ihm nicht zugetraut, daß er seine Lebensgefährtin schwängert und sich dann davonmacht. So was kotzt mich an. Und das wollte ich ihm auch sagen. Aber dafür mußte ich ihn erst mal finden.

Vor rund zwei Monaten hatte er mich aufgesucht. So um den 15. Oktober. In meinem Büro. Im Zimmer nebenan klapperte Hélène auf der Schreibmaschine.

„Ich brauch wieder mal Ihre Hilfe, Burma“, hatte er mit einem verlegenen Ausverkaufslächeln begonnen. „Ein Gefallen, wie immer. Wirklich, wenn Sie nicht wären... Wüßte nicht, was ich machen sollte."

Eine Minute vorher hatte ich ihn dabei ertappt, wie er meine Sekretärin gierig angestiert hatte. Ich fragte mich, ob er sie sich vielleicht ausleihen wollte. Für 'ne Woche oder so. Aber darum ging's nicht. Nachdem er sich gesetzt hatte, fuhr er fort:

„Sie haben mich aus der Gosse geholt. Und damit es nicht wieder bergab ging, haben Sie mir Arbeit verschafft. Seitdem führ ich ein einigermaßen normales Leben. Hab eine Frau... Sicher, kein Pin-up-girl..."

Er schielte zu der Wand, die uns von Hélène trennte. Seine Ohren lauschten aufmerksam dem Klappern der *Underwood.*

„Na ja..."

Er schüttelte sich.

„Inzwischen hab ich mehrere Stellen gehabt. Es geht ganz gut."

Ich unterbrach ihn:

„Wenn man so sieht, wie Sie um den heißen Brei herumreden, sollte man's gar nicht glauben, mein Lieber. Und Sie reden soviel über Ihre Arbeit... Läuft da was schief? Arbeitslos?"

„Nein, nein, alles in Ordnung. Aber meine Frau... Sie wissen ja, Hortense..."

Er rutschte auf seinem Stuhl hin und her.

„Hab sie Ihnen mal vorgestellt, als wir uns zufällig getroffen haben, auf dem Flohmarkt an der Porte de Vanves."

Wieder hielt er sich mit überflüssigen Einzelheiten auf, um den Moment hinauszuzögern, in dem er die Karten auf den Tisch legen mußte.

„Ich weiß. Ist was mit ihr?"

„Ja. So was kommt in den besten Familien vor... und in weniger besseren, wie bei uns."

Endlich kam er zur Sache.

„Ich hab kein Geld, um auch noch ein Kind durchzufüttern, Burma."

„Ach, das ist alles?“

Er seufzte:

„Mir reicht’s. Ich bin zu Ihnen gekommen... Hab mir gedacht, einer wie Sie... mit Ihnen kann ich offen reden... Also, Sie müßten doch so Leute kennen, hm?“

Ich antwortete nicht sofort. Er rieb sich nervös die Hände.

„Verdammt, Burma! Ich habe lange gewartet, zu lange. Jetzt ist es vielleicht schon zu spät. Hortense hab ich noch gar nichts gesagt, weil... ich finde das ganz schön beschissen. Aber es geht nicht anders. Dann gibt’s wenigstens einen weniger, der Hunger hat. Laufen schon genug rum von der Sorte, die sich kaum am Kacken halten können, oder?“

Während er so weiterjammerte, dachte ich nach. Schließlich sagte ich:

„Ich kenne tatsächlich jemanden. Aber absolut korrekt, ja?“

„Aber hören Sie mal, Burma!“ entrüstete er sich. „Ein Arzt?“

„Nein. Eine zuverlässige, diskrete Frau. Hat immer saubere Arbeit geleistet.“

„Wird das... Wird das teuer?“

„Ich kenne die Tarife nicht, aber umsonst ist es nicht. Früher gab es noch Idealisten, aber heutzutage herrscht Mangel an Idealen. Und für Gotteslohn tut keiner mehr was. Nur noch für das gottverdammte Geld.“

„Na ja, werd’s schon auftreiben. Hoffentlich kostet’s kein Vermögen.“

„Glaub ich nicht.“

Ich schrieb einen Namen und eine Adresse auf ein völlig neutrales Stück Papier, dazu malte ich etwas in eine Ecke.

„Sagen Sie, sie kämen wegen der Zukunft Ihrer Familie. Das ist die Losung. Die gute Frau kennt sich mit der Zukunft aus.“

„Vielen Dank, Burma. Tausend Dank. Ich weiß nicht, wie...“

„Ja, ja, schon gut.“

Ich sah eine Patenschaft auf mich zukommen, falls es nicht klappen würde. Demessy dankte mir noch weitere tausend Male. Dann machte er sich erleichtert aus dem Staub.

Das war jetzt zwei Monate her. Inzwischen...

Nach dem, was ich in der Rue de la Saïda erfahren hatte, mußte er wohl zu der angegebenen Adresse gegangen sein und Preis, Termin und alles übrige vereinbart haben. Sogar das Geld hatte er sich wohl beschafft. Aber aus irgendeinem Grund war sein Vorhaben dann doch noch gescheitert, von dem Hortense gar nichts wußte. Ein komischer Vogel, dieser Demessy. Ich betrachtete sein Verhalten als persönliche Beleidigung. ‚Ich habe lange gewartet... Finde das ganz schön beschissen...' Der scheinheilige Kerl! Im letzten Moment aus dem Quark kommen, Angst haben vor möglichen Komplikationen und dann mit dem geliehenen Geld abhaun und die arme Frau in der Scheiße sitzenlassen: war das vielleicht moralisch einwandfrei und nicht beschissen, hm? Sicher, er hatte ein paar Scheine in die gemeinsame Kasse gelegt. Ein kleines Abschiedsgeschenk, gerade genug, um die Milch für die ersten Fläschchen zu bezahlen. Wenn er meinte, die Sache wär damit erledigt, hatte er sich gründlich getäuscht.

Ich hatte zu Ende gegessen. Inzwischen waren die anderen Gäste gegangen. Ich zündete mir eine Pfeife an, bestellte einen Kaffee und verlangte die Rechnung. Ich bezahlte mit dem Fünftausender, den mir die werdende Mutter gegeben hatte. Der Kellner ging damit zur Kasse. Ich sah ihm nach, in Gedanken versunken. Der Junge an der Kasse griff gierig nach dem Schein und begutachtete ihn, als hätte er sonst was in der Hand. Plötzlich holte er ein Notizbuch aus seiner Tasche, klappte es auf, sah hinein, starrte wieder meine fünf Riesen an für den Fall, daß ihm beim ersten Durchgang irgendeine Kleinigkeit entgangen war.

Der Kellner vor ihm wartete sichtlich ungeduldig auf das Wechselgeld. Sein schwarzer Schuh klopfte nervös auf den Sägemehlboden.

Endlich entschloß sich der Erbsenzähler. Legte den Schein zu den anderen in die Schublade und mein Wechselgeld auf eine Untertasse.

Der Kellner kam zu mir zurück. Ich ließ genug Trinkgeld liegen, um mir ein Anrecht auf eine kleine Plauderei zu erwerben.

„War der Schein falsch?" fragte ich.

Er zuckte die Achseln und antwortete:

„Die jungen Leute wissen nicht mehr, womit sie die Zeit totschlagen sollen. Eine Welt ist das, M'sieur! Neulich, auf der Straße, wissen Sie, was ich da gesehen habe? Einen Knirps von kaum zehn, zwölf Jahren schrieb sich die Nummern der vorbeifahrenden Autos auf. So klein und schon 'n Flic!"

Ich versuchte einen Scherz:

„Und die Nummer auf meinem Schein war dieselbe wie die eines gestohlenen Wagens, hm?"

Wieder zuckte er die Achseln.

„Der kontrolliert jetzt schon drei Tage jeden Schein. Seit dem Bankraub."

„Welchem Bankraub?"

„Gegenüber, im *Comptoir de Crédit*."

Er zeigte durch die Scheibe auf das Kreditinstitut, Ecke Rue Alain-Chartier und Vaugirard. Zwischen einem Schießstand und einer Lotteriebude konnte man den Eingang sehen, hinter den Köpfen der Leute, die auf die Linie 62 warteten. Jetzt kapierte ich auch das, was die vier an der Theke gefaselt hatten.

„Habense nichts davon gehört, M'sieur?" fragte mich der Kellner.

„Ach, wissen Sie", sagte ich, „'n Bankraub gehört doch zum Alltag. Außerdem bin ich nicht aus dem Viertel."

„Ich auch nicht. Arbeite nur hier. Die Leute aus dem Viertel glauben, daß es Leute aus dem Viertel waren. Sie hatten Masken vorm Gesicht, aber man munkelt, es waren welche aus dem Viertel..."

Lang und breit legte er mir das Pro und Contra für diese Hypothese auseinander.

„Na ja, bei der Beute... zehn oder zwölf Millionen sollen's sein... Nicht schlecht! Manche sagen sogar fünfzehn..."

„Manchen kommt's eben auf zwei oder drei Milliönchen nicht an."

Zu denen gehörte mein Gesprächspartner offensichtlich nicht. Er hielt den Moment für gekommen, das Trinkgeld von der Untertasse in seine Tasche zu schütten.

„Na ja, also bei der Beute waren auch Fünf- und Zehntausender, deren Nummern der Kassierer notiert hatte. Warum, weiß ich nicht, hat's eben notiert. Bei Banken hab ich noch nie durchgeblickt. Der Kassierer ist Stammgast hier. M'sieur Georges heißt er. Mittags und abends kommt er regelmäßig her. M'sieur Georges also hat dem da drüben die Liste gegeben, und immer, wenn einer mit einem Fünfer oder Zehner bezahlt, zack! Laß mal sehen! Wissense jetzt, wie der Hase läuft? Sind die Gangster tatsächlich aus dem Viertel, geben sie auch das geklaute Geld hier aus! Raffiniert, was? Zum Totlachen. Aber soll er ruhig, wenn's ihm Spaß macht..."

„Sicher. Besser als seine Zeit im Café zu vertrödeln."

„Übrigens ist mir das scheißegal. Trotzdem, das ist doch keine Art. Was sollen denn die Gäste sagen? Einige sehen wir nie wieder. Das sag ich Ihnen."

„Ist das der Sohn vom *patron*?"

„Nein, vom Geschäftsführer. M'sieur Rivalet ist mit seiner Familie zu Verwandten gefahren, nach Saint-Affrique."

„Hat's Tote gegeben? Bei dem Überfall, meine ich..."

„Ein junger Angestellter. Hat aufgemuckt, da haben sie ihn abgeknallt. Einige sagen, er hat gar nicht aufgemuckt. Aber egal, sie haben ihn abgeknallt."

Jetzt hatte er das Gefühl, genug für sein Geld geredet zu haben. Er ließ mich mit meiner Pfeife alleine. Ich rauchte sie zu Ende und betrachtete dabei den *Comptoir de Crédit*. Dann klopfte ich die Asche aus und sah auf meine Uhr. Gleich drei. Fünfzehn Uhr, vornehm ausgedrückt. Wie bei der Eisenbahn und im Radio. Madame Joséphine eröffnete gerade ihre Sprechstunde. Aber mir würde sie eine kleine Privataudienz bestimmt nicht abschlagen, zwischen einer Concierge und einem Dienstmädchen.

Ich ging zu meinem Wagen.

4

Ich weiß nicht, wer Dr. Finlay war. Aber zu seinen Lebzeiten muß er als Arzt Aufmerksamkeit erregt haben. Sonst hätte man nicht die ehemalige Rue des Usines hinter dem *Vélodrome d'Hiver* nach ihm benannt.

Dort jedenfalls wohnte die Frau, zu der ich Demessy geschickt hatte. Ecke Rue Nélaton, vierte Etage, mit Blick (wenn man sich etwas Mühe gab!) auf die oberirdische Metrostrecke und den oberen Teil des Eiffelturms. Ich war zwei- oder dreimal dort gewesen.

Auf mein Klingeln öffnete mir eine Frau, die mit den Augen zwinkerte wie eine alte Eule. Sah aus wie 'ne ausgediente Puffmutter mit 'nem Schuß Gouvernante.

Ein hübsches Paar, Dienstmädchen und Hausherrin!

„Ich hab 'ne schwere Vergangenheit hinter mir, keine rosige Zukunft vor mir und genieße die Gegenwart", sagte ich.

Die Frau öffnete einen riesigen Schlund. Die nicht mehr vorhandenen Zähne konnte man besser sehen als die, die noch im Zahnfleisch steckten. Aus der Höhle kam schallendes Gelächter.

„Also, M'sieur, Sie haben 'ne Art sich vorzustellen! Was soll der Quatsch?"

„Hier meine Karte..."

Als ich sie ihr in die schmuddlig fleckigen Hände schieben wollte, merkte ich, daß es die falsche Karte war. Nicht nötig, daß das Personal über die Bekanntschaft ihrer Chefin mit einem Privatflic Bescheid wußte. Ich steckte die Karte wieder in die Tasche und gab ihr eine ohne Berufsbezeichnung.

„Hier meine Karte", wiederholte ich. „Geben Sie sie Joséphine und sagen Sie ihr, sie soll mich nicht zu lange warten lassen."

„Sie sind ja 'n komischer Vogel", bemerkte die Frau. „Haben Sie mehrere Namen oder was?"

Aber ob ich nun einen oder mehrere Namen hatte, schien sie nicht übermäßig zu beunruhigen. Sie hielt das Kärtchen nah an ihre kurzsichtigen Augen. Die Diskretion in Person.

„Ach, verstehe! Nestor Burma. Ein Kollege von M'ame, was?"

„Ja."

„Kommen Sie rein, M'sieur. Werd mal nachsehen. Zwei sind im Wartezimmer und einer im Sprechzimmer. Macht's Ihnen was aus, in der Küche zu warten?"

Das war mir völlig egal. Ich setzte mich in die Küche und wartete, Pfeife im Mund. Nach 'ner Weile kam die Ex-Puff-Gouvernante.

„M'ame Jo kommt sofort", sagte sie. „Wollen Sie 'n Kaffee?"

„Gerne."

Sie hantierte mit einem Topf.

„Sagen Sie mal, alter Freund", lachte sie. „Sie lügen ja wie gedruckt! Hab Jo gefragt, ob Sie der Fakir sind. Sie sagt nein."

„Tja, ihre hellseherischen Fähigkeiten lassen eben so langsam nach."

Die Frau hüllte sich in Schweigen, zuckte die Achseln und kochte Kaffee. Eine Minute. Eine Schweigeminute für die Kartenlegerin. Dann noch eine. Und noch einige andere. Endlich ein dumpfes Geräusch. Die Haustür hatte sich leise geschlossen. Darauf folgte ein metallenes Klimpern, das sich der Küche näherte. Im nächsten Moment stiegen mir alle Gerüche Arabiens in die Nase, außer dem von Erdöl. Joséphine stand vor mir.

„Guten Tag, Nestor", begrüßte sie mich mit ihrer stets heiseren Stimme. „Wir haben uns ja schon 'ne Ewigkeit nicht mehr gesehen, hm? Welch günstiger Wind weht Sie zu mir?"

Günstiger Wind? Von wegen! Daran glaubte sie genauso

wenig wie an das leere Geschwätz, das sie ihren Klienten vorsetzte. In ihren riesigen schwarzen Augen stand eine gewisse Unruhe. Sie hatten dunkelbraune Ringe, die Wimpern waren mit Tusche vollgekleistert und bis zu den Schläfen verlängert. Joséphines Unruhe war verständlich. In ihrer Branche mußte sie immer damit rechnen, was aufs Dach zu kriegen. Und ein Privatflic konnte nur Schlechtes bedeuten.

Joséphine war eine Frau von etwa fünfzig. Gut erhalten, ziemlich kräftig gebaut. Ihr rötlichbraunes Gesicht besaß edle Züge; jedenfalls ein angenehmer Anblick. Als anerkannte Hellseherin im Handelsregister eingetragen und steuerpflichtig, las sie im Kaffeesatz, in Tintenflecken, in Tarockkarten, in einer Kristallkugel und 'ner Menge anderem Zeug. Je nach Preis und Gesicht des Opfers. In ihrer Freizeit widmete sie sich anderen Dingen als dem Okkultismus. In ihren Adern floß arabisches Blut. Weniger übrigens, als sie behauptete. In Wirklichkeit war sie das Ergebnis einer konsequent vollzogenen Fraternisierung. Ihre Mutter war ein Nomadenkind, ihr Vater ein Feldwebel (oder mehrere) der Kolonialtruppen. Trotz ihrer hellseherischen Fähigkeiten hatte sie ihn nie genau identifizieren können. Als in den Kolonien noch alles relativ gut lief, prahlte sie selbstgefällig mit ihrer Herkunft. Die orientalische Note beeindruckte die Kundschaft. Zu der Zeit nannte sie sich Zorga-Tinéa. Das wird frühere und heutige Leser von *L'Atlantide* dunkel an etwas erinnern. Madame Zorga-Tinéa, „Mischling von Hause aus, direkt aus Algerien". Wie ein Primeur mit geprüfter Herkunftbezeichnung. Seit den Auseinandersetzungen zwischen dem Mutterland und den Departements jenseits des Mittelmeers ließ sie jedoch den ethnischen Aspekt entschieden in den Hintergrund treten. Nur nicht die Kundschaft verjagen! Die ängstlichen Kleinbürger hätten am Ende noch einen Fellagha unter ihrem Rock vermutet. Von da an nannte sie sich also nicht mehr Zorga-Tinéa, sondern Joséphine, wie alle Welt. Wenn sie auch noch immer ein „Mischling" war, wußte doch niemand, woher sie kam. Übrigens kümmerte sich in Paris kein Schwein darum, woher sie kam. Und ob Zorga-Tinéa oder Joséphine... In Wirklichkeit hieß sie Marie Dubois, wie der Feldwebel, der sie als Tochter anerkannt hatte...

Wenn sie einkaufen ging, in der Rue du Commerce oder auf dem Boulevard de Grenelle, war sie ganz normal gekleidet. Aber wenn sie ihren Beruf ausübte, zum Beispiel im Augenblick, trug sie eine Art Turban, der von einer Goldbrosche in Form einer tanzenden Schlange zusammengehalten wurde. Ein paar schwarze Haarsträhnen fielen ihr in die Stirn und machten dem Kriechtier Konkurrenz. Der Turban war blütenweiß, ebenso wie der Stoff, der ihre Ohren bedeckte und in gefälligen Falten auf ihre nackten Schultern fiel. Ein Hauch Ägypten. Die ansehnlichen Schultern umhüllte sie, glaub ich, mit einem Spitzentuch, wenn sie Kundinnen empfing. Wenn sie aber männliche Kunden hatte – auch das kam vor! –, ließ sie dieses Accessoire beiseite. Der glückliche Hilfesuchende konnte sich dann in aller Ruhe in das großzügige Dekolleté vertiefen. Das half immer und lenkte von den Sorgen ab. Ihr üppiger Busen schien nach einer stützenden Hand zu schreien. Ihre eigenen Hände waren mit dicken Ringen überladen. Die bunten Klunker hatten bestimmt eine große magische Bedeutung. Jede ihrer Gesten wurde von lautem Blechgeklimper zahlreicher Armreifen begleitet.

„Guten Tag, Jo", sagte ich. „Ich hab ein paar Fragen."

„Hm!"

Die Unruhe war noch nicht aus ihren Augen gewichen. Immer noch eine Art Verteidigungsstellung. Sie profitierte von den schlechten Nerven der anderen. Ihre waren aber auch nicht mehr die besten.

„Ist der Kaffee bald fertig?" erkundigte sie sich bei ihrem Dienstmädchen.

„Ja, M'ame. Muß nur noch eingeschüttet werden."

„Dann tun Sie's und bringen Sie die Tassen in mein Sprechzimmer. Und beruhigen Sie die beiden Ziegen im Wartezimmer."

„Ja, M'ame."

Die Frau stellte die vollen Tassen auf ein Tablett und brachte es wie das Allerheiligste ins Hellseherzimmer. Joséphine und ich folgten ihr. Das Zimmer war ganz in Schwarz gehalten, hier und da auf den zugezogenen Vorhängen Sternkreiszeichen. Brennende Räucherstäbchen in einem Gefäß schwängerten die Atmosphäre. Eine dicke Kugel mitten auf dem Tisch verbreitete milchiges Licht.

„Setzen Sie sich, Burma", sagte Jo, als wir alleine waren.

Ich setzte mich auf einen pseudoarabischen Hocker. Jo knipste das Licht der Kugel aus und das einer gutbürgerlichen Deckenlampe an.

„Ich kann Sie ja nicht so behandeln wie das blöde Volk, das sonst zu mir kommt", erklärte sie.

Jetzt setzte sie sich ebenfalls und tauchte ihre dicken Lippen in den Kaffee.

„Also", sagte sie dann, „Sie wollten was wissen? Was?"

Ich stellte meine Tasse auf das Tablett zurück.

„Es geht um einen Burschen, den ich vor zwei Monaten zu Ihnen geschickt habe. So um den 15. Oktober. Demessy hieß er, falls er seinen Namen genannt hat. Seine Frau brauchte Ihre Hilfe. Demessy ist nämlich Verfechter der Geburtenregelung, wenn Sie wissen, was ich damit meine."

„Ja, natürlich, Demessy. Aber bevor wir weiterreden... Sie wissen doch, daß ich damit aufgehört habe, hm? Wurde zu gefährlich. Ich bin zweimal hintereinander gewarnt worden. Also hab ich's sausenlassen."

„Sie haben meinen Freund sausenlassen?"

„Nein. Bei ihm hab ich eine Ausnahme gemacht, weil er von Ihnen kam. Er sollte seine Frau schicken, aber ich hab sie nie zu Gesicht gekriegt. Vielleicht war's ihm zu teuer. Scheiße, dabei hab ich ihm einen Freundschaftspreis gemacht. Ihr Freund schwimmt nicht im Geld... Hilfsarbeiter bei Citroën oder so."

„Wieviel haben Sie verlangt?"

„Zwanzigtausend. Ein Freundschaftspreis, wie gesagt."

„Kurz und gut, alles war so weit abgesprochen, aber Sie haben ihn nie wiedergesehen?"

„Genau. Aber ... warum wollen Sie das wissen, mein Lieber?"

„Ich wollte eigentlich nur wissen, ob er tatsächlich bei Ihnen war. Er ist nämlich verschwunden."

Die Hellseherin fuhr hoch.

„He! Moment mal!" rief sie. „Sie wollen mir doch wohl keinen Ärger machen, hm? Meinen Sie vielleicht, ich hätte was damit zu tun?"

„Regen Sie sich ab. Er ist ja nicht direkt aus Ihrer Wohnung verschwunden. Und verschwunden ist vielleicht zuviel gesagt. Er war seit drei Tagen nicht mehr zu Hause, das ist alles."

„Ach so!" seufzte Jo erleichtert. „Das gefällt mir schon viel besser. Ärger kann ich im Moment nämlich nicht gebrauchen. Konnte ich nie gebrauchen ..."

„Versteh ich vollkommen, Jo. Aber sagen Sie ... Abgesehen davon, daß Sie sich einig geworden sind ... Sah er entschlossen aus oder eher ... schwankend?"

Sie verzog den Mund.

„Ach, wissen Sie, mein Lieber ..."

„Ja, ich weiß", lachte ich, „Sie können nicht hellsehen!"

„Nein", sagte sie und lächelte gezwungen über meinen Scherz.

Ihr mußte das Ganze ziemlich schleierhaft vorkommen (womit sie nicht unrecht hatte). Nach ein paar belanglosen Worten verabschiedete ich mich. Sie begleitete mich durch die Küche hinaus.

Im Treppenhaus begegnete mir eine elegant gekleidete Frau mittleren Alters. Sah ziemlich gut betucht aus, so ein Madame-Jordonne-Verschnitt. Auf dem Treppenabsatz darunter blieb ich stehen und spitzte die Ohren. Nur so, ohne einen besonderen Grund, aus Spaß. Wollte wissen, ob eine so respektable Person eine Mieterin war oder ... eine Klientin von Jo. Es wurde geklingelt. Eine Tür wurde geöffnet. Jemand sagte: „Guten Tag, Madame". Unverkennbar die ausgediente Gouvernante. Die Tür wurde wieder geschlossen. Ich ging weiter nach unten. Verdammte Joséphine! Ich hatte immer geglaubt, ihre Kundschaft würde sich aus Köchinnen und Putzfrauen zusammensetzen, aus unzufriedenen Dienstmädchen und Concierges, die wissen wollen, was in den Sternen steht. Na ja, ich hatte mich getäuscht. Um so besser für sie und ihr Bankkonto. Allerdings würde mir diese Feststellung bei der Suche nach Demessy auch nicht weiterhelfen!

5

Über das Eisenbahngleis am Seineufer in Javel rollte langsam ein Plattform-Zug mit 2-CV-Karossen. Die keuchende Lokomotive schickte dicken weißen Dampf in den wolkenverhangenen Himmel. Ein unsichtbarer Schleppkahn auf der Seine stieß einen Klagelaut der Sympathie für die asthmatische Lok aus. Durch die Windschutzscheibe mit den tanzenden Scheibenwischern sah ich das Bürohaus der großen Automobilfirma. Vier Etagen mit breiten Fenstern und oben drauf der Name in riesigen blauen Buchstaben: CITROËN. Auf beiden Seiten der Fahrbahn nichts als parkende Wagen, ausschließlich 2CV oder DS. Mein Dugat 12 wirkte in dieser Umgebung wie ein ungebetener Gast. Kurz vor der Rue Leblanc fand ich einen freien Parkplatz zwischen einer Dauphine und einer Fregatte, die offenbar in provokatorischer Absicht hier geparkt worden waren. Hier fühlte sich mein Dugat nicht ganz so einsam.

Ich stieg aus und ging zu einem großen Tor, aus dem ein Gleis zur Eisenbahnlinie führte. Als ich an dem Schild mit der Aufschrift „Zutritt des Fabrikgeländes für Unbefugte verboten“ vorbeiging, sprang ein Wächter in Uniform aus seinem Glaskasten und fragte mich, was ich wolle.

„Rieussec“, antwortete ich, nachdem ich in meine Notizen gesehen hatte. „Vorarbeiter in Halle 15. Kann ich mit ihm sprechen?“

„Worum geht's?“

„Um einen, der unter ihm arbeitet. Demessy. Ich brauch ein paar Auskünfte über ihn...“

Ich hielt dem Portier meinen Ausweis unter die Nase.

„Ich arbeite für einen Notar. Demessy hat geerbt, aber er

ist nicht aufzufinden. Hat sozusagen Heim und Herd verlassen."

Ich lieferte ihm genügend Erklärungen, daß er zwar nichts kapierte, aber gezwungen war, mich entweder achtkantig rauszuschmeißen, um mich loszuwerden, oder aber meiner Bitte nachzugeben. Trotz der Uniform war der Kerl nicht übel.

„Hören Sie", sagte er, „ich will's versuchen, aber ob er gleich kommt, einfach so, kann ich nicht garantieren. Hier wird nämlich gearbeitet, verstehen Sie?"

Zum Beweis gähnte er. Dann verschwand er wieder in seinem Kabuff. Mich ließ er draußen im feuchten Wind stehen. Arbeiter in Overalls gingen über den Hof. Aus der großen Fabrikhalle drang ein monotones Surren. Mir stieg ein Geruch von Metall und Öl in die Nase. Der Portier telefonierte. Nach einer Weile legte er den Hörer auf die Gabel und kam raus.

„Er kommt", sagte er. „Aber der Spaß geht natürlich nicht immer... Dann hat dieser Demessy also geerbt?"

„Ja, ja. Ein entfernter Verwandter von ihm ist gestorben. Hat wahrscheinlich noch nie was von ihm gehört."

„Und gerade dann haut er ab?"

„Sieht so aus. Kennen Sie ihn?"

„Sind mehrere Tausend hier. Wenn man die alle kennen soll... Aber von ihm hab ich neulich gehört, vor zwei oder drei Tagen. Seine Frau hat nach ihm gefragt."

„Ich weiß", sagte ich.

Durch eine Eisentür in einer roten Backsteinmauer trat ein Mann mit weißem Kittel. Etwa vierzig, der Scheitel wurde so langsam breiter.

„M'sieur Rieussec", sagte der Portier erklärend.

Ich stellte mich vor und servierte ihm mein kleines Märchen. Auch er war der Meinung, es sei Pech für ihn, gerade jetzt, wo ihm ein Vermögen in den Schoß fiel... Ich nickte. Rieussec schien nachzudenken. Dann fragte er mit einem entschuldigenden Lächeln:

„Erbt er alleine oder mit mehreren zusammen?"
„Es sind mehrere."
„Und ist es viel?"
„Ziemlich viel. Der Notar, der mich beauftragt hat... Wissen Sie, so was passiert häufiger, als man meint... Also, Maître Peuchmaurd hat mir keine Summe genannt. Aber es müssen so drei bis vier Millionen sein."
Wenn's sein muß, kommt's auch mir auf eine Million mehr oder weniger nicht an!
„Vielleicht hat man ihn verschwinden lassen, damit die Kuchenstücke größer sind, hm?" kombinierte der Vorarbeiter.
„Oh, das glaube ich nicht..."
Ich lachte innerlich. Nein, das glaubte ich wirklich nicht.
„Obwohl", überlegte ich laut, „heutzutage darf man sich über nichts mehr wundern. Aber... Wie kommen Sie darauf, M'sieur Rieussec? Ist Ihnen was Besonderes aufgefallen?"
„Nein, nichts. Das heißt... In der letzten Zeit war er etwas komisch. Ich muß dazu sagen, daß ich ihn mehr beobachtet habe als meine anderen Arbeiter. Ein ernsthafter Bursche, wollte gerne mehr sein als nur Hilfsarbeiter. Seit einem Jahr hat er Mechanik gepaukt. Hat schnell kapiert. Leider konnten wir ihn nicht in einer anderen Abteilung unterbringen. Aber da war das letzte Wort noch nicht gesprochen."
„Etwas komisch, sagten Sie?"
„Ja."
„Wie meinen Sie das?"
„Tja, schwer zu sagen. Er war eben nicht mehr derselbe!"
„Niedergeschlagen?"
„Im Gegenteil, aufgekratzt. Als wär irgendwas Besonderes im Busch. Aber ehrlich gesagt, der Gedanke kommt mir erst jetzt. Sie wissen doch, wie das ist, oder?"
Ich sagte, ja, ich wisse, wie das ist. Er fuhr fort:
„Jedenfalls war er nicht mehr derselbe. Da dachte ich gerade, vielleicht wußte er schon von der Erbschaft; aber wenn er davon wußte, verstehe ich nicht, warum er Frau und

Arbeit sausenlassen sollte. Mit der Arbeit, das verstehe ich ja noch. Aber er hätte doch zu Hause bleiben und auf den Notar warten können, meinen Sie nicht?"

„Ja, das wär logischer, als sich aus dem Staub zu machen."

„Und deswegen glaub ich auch nicht, daß er sich aus dem Staub gemacht hat. Verstehen Sie, was ich damit sagen will?"

„Klar. Einen Schlag auf die Rübe, einen Stein an den Hals und hopp!, ab in die Seine. Steht ja oft genug in der Zeitung. Aber trotzdem... wenn es einem Bekannten an den Kragen geht, ist man immer überrascht. Ob mit Demessy so was Ähnliches passiert ist? Ich glaube kaum. Aber man kann nie wissen... Um auf konkretere Tatsachen zurückzukommen: Seit wann hat er sich komisch benommen?"

„In den letzten Tagen. Sagen wir, seit einer Woche. Eineinhalb. Aber eigentlich hat das schon viel früher angefangen..."

„Nämlich?"

„Ende Oktober."

Er verglich die Zeit seiner Uhr mit der der Kontrolluhr in einer Ecke des Hofes.

„Tja, dann haben Sie vielen Dank, Monsieur Rieussec", sagte ich. „Ich möchte Sie nicht länger aufhalten. Nur noch eine Frage..." Ich lächelte. „Wissen Sie, wir Detektive haben so unsere eigenen Arbeitsmethoden. Manchmal völlig unverständlich für Außenstehende. Sagen Sie: Hat Demessy Geld von Ihnen gepumpt?"

„Nein. Nie."

„Sie mochten ihn, stimmt's? Und er wußte, daß Sie ihn mochten. Wenn er was gebraucht hätte, wär er doch sicher zu Ihnen gekommen, nicht wahr?"

„Ganz sicher."

„Aber er hat Sie nicht angepumpt?"

„Nein."

„Wen – außer Ihnen – hätte er um Hilfe bitten können?"

„Keine Ahnung. Kommt auf den Betrag an. Unter Kollegen leiht man sich schon mal tausend Francs, zweitausend, bis zum nächsten Zahltag, verstehen Sie?"

„Wären aber sehr viel mehr als zweitausend gewesen."

„Dann wüßte ich nicht... Aber Sie haben sicher Grund, das zu fragen. Ich kann nur sagen, er hat die Arbeit hingeschmissen, ohne sich den Restlohn abzuholen. Egal, wo er ist, dort braucht er jedenfalls kein Geld."

„Stimmt genau", sagte ich. „Wenn er in Richtung Rouen schwimmt, hat er weder Durst noch Hunger. Halte ich aber für ausgeschlossen. Ich glaube, das ist 'n ganz gewöhnlicher Ausreißversuch."

„Hoffentlich."

Er hatte mir geholfen, so gut er konnte. Sehr freundlich. Aber mehr wußte er nicht. Wir gaben uns die Hand. Bevor ich seine Hand losließ, sagte ich:

„Ich würde gerne einige seiner Kollegen befragen... mit denen er befreundet war. Könnten Sie das arrangieren?"

Ich gab ihm die Hand zurück.

„Natürlich", antwortete er. „Aber nicht hier."

„Wo Sie wollen."

„In einer Stunde ist Feierabend. Hm... Marchand, Dutaillis und Bouscat waren mit Demessy befreundet. Tranken oft 'n Gläschen zusammen bei Firmin, an der Place Balard. Wenn es Ihnen nichts ausmacht, sag ich den dreien, daß Sie dort warten."

„Einverstanden. Und sagen Sie ihnen auch, daß ich einen ausgebe."

* * *

Ich befreite meinen Wagen aus der Umklammerung von Dauphine und Fregatte, die ich ihrem Schicksal in der 2-CV-Horde überließ. Durch die Rue Leblanc – nach einem Chemiker, nicht nach dem Romancier benannt! – fuhr ich zur Place Balard. Links nichts als Fabrikgebäude. Die gezackten Dächer schienen in den bleischweren Abendhimmel zu beißen. Auf der rechten Seite, hinter der abweisenden, finsteren Stützmauer der früheren Ringbahn, war es leer und düster.

Erst in Höhe Rue Saint-Charles kam mir das erste Fahrzeug entgegen, ein Bus. Noch zwei Radumdrehungen, und ich war an der Place Balard. Verdammt provinziell hier, still und friedlich. Wie übrigens so viele Plätze im 15. Arrondissement, ob nun mittendrin oder an den Brücken. Ganz besonders am Pont de Grenelle und Pont Mirabeau. Der Charme, der von diesen Plätzen ausgeht, ist nicht leicht zu beschreiben. Da mich im Augenblick sowieso andere Dinge beschäftigten, ließ ich das neue Kapitel der „Träumereien eines einsamen Autofahrers" ungeschrieben. Dafür suchte ich das Bistro, das mir der Vorarbeiter genannt hatte. Ich fand es direkt vor der Metrostation, neben einem Frisiersalon. Quer über der Scheibe der Eingangstür stand *Chez Firmin*. Der Schnörkel darunter benötigte dringend einen Pinselstrich.

Ich sah auf meine Uhr. In einer Stunde, hatte Rieussec gesagt. Also konnte ich noch auf einen Sprung zur Porte de la Plaine fahren, zu Jannin, dem zeitweiligen Nutznießer von Demessys Mechanikertalenten. Ich fuhr unter der Eisenbahnbrücke hindurch und bog in den Boulevard Victor ein.

Die regennasse Trikolore auf dem Gebäude des Luftfahrtministeriums bewegte sich nur schwach im Wind. Vor dem Gitter stand ein Soldat Wache. Über dem Übungsgelände von Issy-les-Moulineaux zog ein Hubschrauber seine Kreise.

Die Gebäude des Parc des Expositions an der Porte de Versailles zeigten ein verlassenes und hoffnungslos trauriges Gesicht, wenn man das so sagen kann. Ein riesiges Plakat am Eingang kündigte für die nächste Zeit einen internationalen Zirkus an. Der Anblick wurde deshalb nicht lustiger. Wir waren weit entfernt vom Treiben der Pariser Messe. Vor allem von seinem Staub, eine der Hauptattraktionen dieser Warenschau.

Ich bog in die Avenue de la Porte de la Plaine ein. Vor einem hübschen Eckgeschäft standen zwei Motorräder und ein Motorroller. Etwas weiter zurück konnte man eine Kfz-Werkstatt erkennen. Ich parkte meinen Wagen, stieg aus und ging in das Geschäft. Das langgestreckte Ladenlokal war vollgestopft mit neuen Zweirädern. Eine junge Frau saß am Schreibtisch und rechnete. Ich ging zu ihr. Sie hob ihr hübsches Gesicht und grüßte mich herzlich. Sehr sympathisch.

„Guten Tag, Madame“, sagte ich, zog den Hut und lächelte gewinnend. „Ist Monsieur Jannin da?“

„Ja, Monsieur.“

„Könnte ich ihn sprechen?“

„Natürlich.“

Sie stand auf, ging zu einer Tür, öffnete sie und rief:

„Kiki!“

„Ja“, kam es aus der Tiefe der Werkstatt.

„Hier will dich jemand sprechen.“

„Ich komme.“

Einen Augenblick später stand Kiki Jannin vor mir. Mittelgroß, kräftig, mit intelligenten, fröhlichen Augen. Ich servierte ihm das Märchen von der Erbschaft, das ich inzwischen auswendig kannte. Bald konnte Paul Demessy sich mit dem Aga Khan messen. Fehlten nur noch 'n paar Millionen. Monsieur Jannin sagte, ja, Demessy habe manchmal bei ihm ausgeholfen. Aber seit gut zwei Monaten sei das nicht mehr nötig gewesen. Mit anderen Worten: er hatte ihn gefeuert.

„Aus zwei Gründen. Wissen Sie, ich mache vor allem Motorräder. Ab und zu mal 'n Auto, aber sehr selten. Und Demessy interessierte sich hauptsächlich für Autos. War wirklich kein schlechter Mechaniker. Vielleicht etwas wenig Praxis ...“

„War das der zweite Grund?“

„Nein. Er hat meiner Frau mehr als einmal recht eindeutige Angebote gemacht.“

„Ach!“

Ich sah die junge Frau an. Schön genug war sie für Angebote, für ein- oder zweideutige.

„Ein armes Schwein“, schloß ihr Mann.

Damit war wohl Demessy gemeint. Ich fragte ihn, ob er die beiden angepumpt habe. So kackfrech war er wohl doch nicht. Ich wechselte noch ein paar Worte mit dem netten Motorradpaar und fuhr dann wieder zur Place Balard.

Mürrisch, mit dickem, braunen Schnurrbart und dichten Brauen, spülte der Wirt Gläser. Spülte und spülte. Zwischen zwei Spülungen in der trüben Brühe wechselte er Einsilber mit einem jungen Mädchen in der Küche an der Ostseite der Theke. Von Zeit zu Zeit tauchte das Mädchen neben dem Wirt auf. Warum, war beim besten Willen nicht zu erkennen. Aus dem „Saal" hinter der halbhohen Flügeltür drang das Geräusch zusammenstoßender Billardkugeln. Das Bistro war in schummrig gelbliches Licht getaucht. Nicht grade umwerfend als Beleuchtung, aber immer noch besser als diese Scheiß-Neonröhren, die jetzt überall hängen. Menschen und Dinge sehen aus wie prima Leichen. Ich war der einzige Gast im Thekenraum. Neben der Heizung fand ich ein warmes Plätzchen. Das Mädchen brachte mir einen Aperitif. Eine dicke schöne Tigerkatze leistete mir Gesellschaft. Wie eine Sphinx saß sie auf dem Brett der Heizung und döste. Ich wartete darauf, daß bei Citroën mit der Feierabendsirene die Schraubenschlüssel fallengelassen würden. Der Rauch aus meiner Pfeife stieg langsam an die Decke. Auch sie war gut eingeraucht.

Draußen regnete es noch immer. Das Wasser lief an den Scheiben runter. Wässrige Schatten huschten vorbei: eilige Passanten, die sich an die Häuserwände drückten. Vielleicht wollten sie sich schützen, vielleicht wollten sie aber auch unter kaputten Dachrinnen duschen. Die Lichter der Busverwaltung blinzelten von der anderen Seite des Platzes herüber. Auf der Rue Leblanc fuhr ein Bus dicht an die Bordsteinkante. Ich hörte, wie die Wasserfontänen auf den Bürgersteig platschten.

Zwei Arbeiter kamen rein. Sie schüttelten sich und ihre Mützen und schimpften über das Scheißwetter. Dann schüttelten sie dem *patron* die Hand. Besser gesagt, das Handgelenk; der Kerl spülte inzwischen weiter. Die beiden bestellten was zu trinken, verlangten Würfel und begannen eine Partie 421. Kurz darauf kamen zwei weitere Gäste. Das junge Mädchen bezog hinter der Theke Stellung, ein Lächeln auf den

Lippen, die Ohren gespitzt, um Bestellungen aufzunehmen. Mit einem tiefen Seufzer beendete der *patron* das Tauchbad. Wahrscheinlich war das so üblich hier. Wenn die Gäste aus sauberen Gläsern trinken wollten, dann konnten sie sich schon gefälligst selbst welche spülen.

Nach und nach füllte sich das Bistro. Die Katze wurde von dem Proletarierlärm in ihrer Traumstunde gestört. Sie öffnete ein Auge, dann beide, gähnte, streckte sich und schlich geschmeidig hinaus, auf der Suche nach einem ruhigeren Plätzchen.

Ich hatte dem *patron* und der Serviererin meinen Namen genannt. Ich kannte die drei Arbeiter von Citroën nicht, und sie kannten mich nicht. Wenn sie an der Theke nach mir fragten, würde der Wirt sie an meinen Tisch schicken. Aber bis jetzt hatte niemand nach mir gefragt. Vom Quai de Javel bis zur Place Balard war es immerhin ein ganzes Ende. Vielleicht hatten meine Metallarbeiter keine Lust, durch diesen kalten Regen zu gehen.

Eine Gruppe von vier Männern kam herein und brachte feuchte Luft mit. Einer von ihnen, ein Nordafrikaner, schien nicht zu ihnen zu gehören. Er suchte sich alleine einen Platz an der Theke, machte sich ganz klein und bestellte einen Kaffee. Die anderen drei warfen als erstes einen Blick in die Runde. Ich war der einzige, der an einem Tisch saß. Und wenn man wartet, sieht man aus wie einer, der wartet, ob man will oder nicht. Der Jüngste von ihnen, ein großer Hagerer mit einer amerikanischen Schirmmütze, kam an meinen Tisch.

„'tschuldigung, M'sieur", sagte er und tippte mit dem Finger an seine nasse Mütze. „Sind Sie vielleicht Nestor Burma, von dem unser Vorarbeiter erzählt hat?"

„Bin ich", antwortete ich. „Dann sind Sie wahrscheinlich Marchand, Dutaillis und Bouscat, stimmt's?"

Jetzt kamen auch die beiden anderen.

„Stimmt."

„Kollegen und Freunde von Demessy?"

„Genau."

Wir gaben uns die Hand. Bouscat war der mit der Ami-Mütze. Dutaillis, etwas älter und verheiratet, trug einen Blouson und einen Schlapphut. Marchand war etwa derselbe Jahrgang wie Dutaillis und sah aus wie Isidore Flapi, der Modellathlet: dreieckiges Gesicht, hervorspringende Nase zum Waffelmuster-Ausstechen. Wir setzten uns, die Serviererin brachte was zu trinken, und ich wiederholte die Erbschaftsgeschichte von Demessy.

„Ja", sagte Dutaillis, während er sich eine Zigarette drehte. „Rieussec hat uns davon erzählt. Und davon, daß wir Ihnen weiterhelfen könnten..."

„Wissen zwar nicht so recht, wie", mischte sich Marchand ein, „aber wir kommen sowieso jeden Abend hierher..."

„Hören Sie mal", begann ich. „Ich werd Ihnen 'n paar Fragen stellen, und Sie versuchen, sie zu beantworten. Was ich will, ist, Demessy wiederfinden, und sonst gar nichts. Hat sich einfach davongemacht, der Blödmann. Ausgerechnet jetzt, wo der Notar ihm die Brieftasche auffüllen will!"

„Um wieviel geht's?", erkundigte sich Marchand.

„Rund drei Millionen."

„Nicht schlecht", bemerkten alle drei gleichzeitig.

„Könnte ich Demessy nicht vertreten?" lachte Marchand.

„Glaub ich kaum. Sonst hätte ich das wohl gerne übernommen. Aber wenn Sie ihn suchen... und finden! Dann könnte was dabei rausspringen."

„Zehn Prozent?" scherzte Bouscat.

Wenn das so weiterging mit meinem märchenhaften Bluff, war ich am Ende der Lackierte.

„Dann mal los, Chef. Stellen Sie Ihre Fragen."

Ich fragte, und die drei antworteten nach bestem Wissen und Gewissen. Aber wir hätten uns das Spielchen auch schenken können. Sie waren Kollegen und Freunde von Demessy. Aber seine Sorgen hatte er ihnen nicht anvertraut. Ein Schlag ins Wasser. Ich bestellte noch 'ne Runde, und wir quatschten noch ein wenig über dies und das.

„Man müßte ihn vielleicht bei 'ner Frau suchen", sagte

Bouscat plötzlich. „Ich will ja nichts Schlechtes über Demessy sagen... aber ich meine manchmal, er ist... äh... wie nennt man das noch?"

„Sexbesessen?" half Marchand.

„Genau. Ein Sexbesessener."

„Selber sexbesessen", lachte Dutaillis. „Wer kauft denn immer die Zeitschriften mit den nackten Weibern, hm?"

Bouscat wurde rot.

„Scheiße! Mir gefallen eben schöne Frauen..."

„Sexbesessen?", hakte ich ein. „Wie kommen Sie darauf?"

„Na ja...", stammelte Bouscat. „Ist vielleicht 'n bißchen zuviel gesagt... nicht das richtige Wort. Ah! Jetzt hab ich's: Unzufrieden. Jawohl! Er war unzufrieden. Er... Ach nein, das ist es auch nicht... Also, seit einiger Zeit machte er den Eindruck... Der Gedanke an Frauen quälte ihn."

Marchand kam ihm zu Hilfe:

„Ich glaub, das hat ihn immer schon gequält. Aber er verhielt sich nicht mehr normal. Ich weiß nicht, wie ich das erklären soll... Aber das stimmt, was Petit-Louis erzählt."

Petit-Louis war Bouscat.

„Was wollt ihr eigentlich?" knurrte Dutaillis. „Unzufrieden! Was heißt das schon? Man ist immer irgendwie unzufrieden. Mit Frauen, mit dem Lohn, mit dem Scheißleben, das man führt..."

„Sicher, aber bei ihm war das noch was andres. Kann's nicht erklären, aber es war anders."

„Ja, ja, ich versteh schon!" sagte Dutaillis. „Ihr denkt euch 'ne Geschichte aus, um Geld aus ihm rauszulocken..."

Er zeigte auf mich.

„Keine Gefahr", sagte ich lächelnd. „Ich zahle erst, wenn ich Demessy gefunden habe."

„Das kann noch 'ne Weile dauern. Jedenfalls, wenn Sie ihn mit unserer Hilfe finden wollen. Ich hab erzählt, was ich wußte. Nicht grade viel, fürchte ich. Und jetzt muß ich mich auf die Socken machen."

Er stand auf.

„Wiedersehn, M'sieur."

„Wiedersehn... Nur noch eins: Hat Demessy zufällig Geld von Ihnen gepumpt?"

„Nein. Warum?"

„Weil er sich kürzlich was gepumpt hat."

„Von mir jedenfalls nicht."

„Von uns auch nicht", sagten Bouscat und Marchand wie aus einem Munde.

„Ach! Na ja, trotzdem vielen Dank."

Die Sache mit dem geliehenen Geld ließ mir keine Ruhe. Hier mußte der Schlüssel zu dem Geheimnis liegen. Das spürte ich.

Dutaillis ging hinaus in den Regen. Bouscat brummte vor sich hin:

„Auf jeden Fall war er ganz schön komisch mit Weibern. Kennen Sie seine Frau, M'sieur?"

„Hab sie gesehn."

„Nicht besonders aufregend, hm?"

„Nicht besonders, nein. Aber wenn Sie damit sagen wollen, daß er die Schnauze voll von ihr hatte und deshalb abgehaun ist: das weiß ich schon. Nur... Mich interessieren weniger die Gründe seiner Flucht als das Ziel. Wissen Sie von einem Verhältnis? Zum Beispiel mit einer von Citroën?"

„Möchte wissen, welche Frau ihn zufriedenstellen könnte", seufzte Marchand. „Über Dutaillis könnte ich mich totlachen. Spielt den erfahrenen Ehemann, den weisen Stammeshäuptling. Warum eigentlich? Der ist doch nur zwei Jahre älter als ich. Trotzdem... Petit-Louis hat recht. Demessy ist unzufrieden. Mit Weibern benahm er sich ganz komisch. Erklären kann ich's nicht. Man merkte, da war was faul. Verdammt anspruchsvoll, wenn Sie meine Meinung hören wollen. Klar, bei seiner Graumaus... Trotzdem, einen Grund gibt es immer. Da hätte schon Martine Carol kommen müssen oder Brigitte Bardot!"

„Vielleicht ging er zu oft ins Kino."

„Tja, weiß ich nicht. Aber verdammt, Petit-Louis, erinnerst

du dich? Den Scheiß, den er uns erzählt hat, als wir mit Zizi rumgealbert haben? Zizi ist das Mädchen da drüben", erklärte er. „Die uns bedient hat. Hübscher Käfer, was?"

„Nicht schlecht."

„Nicht schlecht?"

Marchand wurde fast böse.

„Scheiße! Also wirklich, sind Sie auch so einer wie Demessy?"

„Weiß ich nicht. Was für'n Scheiß hat der denn erzählt?"

„Wir haben rumgealbert, Witze gemacht. Für das, was sie uns schuldet – haben wir gesagt –, braucht sie nicht bar zu bezahlen. Und er, geringschätzig wie nur was, knallt uns vor den Kopf: Ich hab was Besseres, mach aber keinen Gebrauch davon. Genauso."

„So was sagt man so dahin. Das kennen Sie doch. Aus Spaß."

„Von wegen Spaß! Und Zizi hat das auch mitgekriegt. War richtig böse. Uns war das ziemlich peinlich. Stimmt's P'tit-Louis?"

„Wir waren sprachlos."

Na ja, die waren wohl ziemlich schnell sprachlos, hatte ich den Eindruck. Und außerdem hatte ich den Eindruck, daß mich das Gequatsche wohl kaum weiterbrachte.

„Seine Frau meinte er bestimmt nicht damit", sagte Marchand.

„Wen sonst?"

„Tja..."

Die Metaller zuckten ahnungslos die Achseln. Das Gefühl teilte ich. Ich wußte nur, daß ich im Moment meine Jugend vertrödelte. Automatisch sah ich auf die Uhr über der Theke. Unerbittliche Mechanik, wie der Dichter sagt. Marchand sah ebenfalls zur Uhr. Als er sah, wie spät es war, verzog er das Gesicht.

„Na dann, M'sieur, wenn Sie mich nicht mehr brauchen..."

„Ich glaube, das wär alles."

„Kommst du, P'tit-Louis?"

„Hm?“ stieß Bouscat hervor, ganz in Gedanken versunken.

„Kommst du?“

„Ja... ja natürlich.“

Auch er stand auf.

„Wiedersehn, M'sieur.“

„Wir konnten Ihnen nicht sehr nützlich sein, was?“ stellte Marchand fest.

„Ach, wissen Sie... Nicht jeder Schuß kann 'n Volltreffer sein. Und dann hab ich Sie auch ziemlich überrascht.“

Zum allgemeinen Trost fügte ich hinzu:

„Vielleicht fällt Ihnen ja noch das eine oder andere ein, morgen oder die nächsten Tage. Dann können Sie mich anrufen. Ich steh im Telefonbuch. Burma heiße ich, Nestor Burma.“

„O.k. *Salut*, M'sieur.“

„*Salut.*“

Sie verdrückten sich.

Ich stopfte mir wieder meine Pfeife, zündete sie an und ging zur Theke. Die war jetzt nicht mehr so umlagert wie vorher. Ich bezahlte bei der besagten Zizi die Getränke. Dabei sah ich sie mir etwas genauer an als bisher. Sie sah wirklich nicht schlecht aus, sogar sehr gut. Aber wie hatte Demessy noch gesagt? Es gab was Besseres. Und plötzlich kam mir eine Idee. Nicht ganz so plötzlich, um ehrlich zu sein. Sie mußte nämlich schon 'ne ganze Weile in meinem Unterbewußtsein rumgeistern. Klappernd, auf hohen Absätzen. Ja, es gab was Besseres, und möglicherweise hatte Demessy was Besseres...

Ich verließ das Bistro.

Draußen regnete es immer noch. Ich zog den Hut tief in die Stirn, schlug den Mantelkragen hoch und ging zur Avenue Félix-Faure. Dort hatte ich meinen Wagen geparkt.

Hinter mir rief jemand:

„He! M'sieur!“

Ich drehte mich um. Der junge Bouscat war ganz außer Atem. Die Schirmmütze schützte ihn in keinster Weise vor dem Regen. Die Tropfen liefen ihm über das Gesicht, daß es nur so eine Freude war. Er kümmerte sich nicht darum.

„Hab Marchand... abgeschüttelt", keuchte er. „Bin so schnell wie möglich wieder zurückgerannt, um... Na ja, hier! Ich muß Ihnen was zeigen. Gehen wir in ein Bistro?"

„Wir können uns auch in meinen Wagen setzen", schlug ich vor. „Er hat Licht."

„Ich wußte nicht, daß Sie ein Auto haben", sagte er, als wollte er sich entschuldigen.

„Und ich wußte nicht, daß Sie mir etwas zeigen wollten", lachte ich. „Haben Sie's gerade gefunden?"

Keine Antwort. Wir gingen zu meinem Dugat und setzen uns rein. Ich knipste die Innenbeleuchtung an.

„Und nun?" ermunterte ich ihn.

Petit-Louis räusperte sich geräuschvoll und schüttelte sich einen Tropfen von der langen Nase.

„Also", begann er. „Ich hab nichts gesagt, als die andern dabei waren. Die ziehen mich schon genug durch den Kakao, weil ich diese Zeitschriften kaufe... und weil ich Kriminalromane lese. Wohlgemerkt, es sind meine Freunde, und ich will sie nicht übers Ohr haun. Und... falls das hier Geld bringt, was ich Ihnen zeige... werd ich's mit ihnen teilen. Aber vorhin wär's mir peinlich gewesen. Als Rieussec – unser Vorarbeiter – uns erzählte, daß ein Privatflic nach Demessy sucht, weil der geerbt hat, hab ich mir sofort gesagt... wie gesagt, ich lese Kriminalromane... daß Sie uns 'ne Menge Fragen stellen würden. Und je mehr Sie erfahren, desto besser für Demessy. Man muß eben der kleinsten Spur nachgehen, stimmt's?"

„Stimmt genau."

„Also bin ich auf die Idee gekommen, in seinem Spind nachzusehen. Ich wußte, daß da noch ein Overall und eine alte Jacke hängen. Und ich hab tatsächlich was gefunden!"

Ich streckte die Hand aus.

„Nur her damit!" forderte ich ihn auf.

Er gab mir einen ölbefleckten Briefumschlag. Der Umschlag enthielt ein Flugblatt der Gewerkschaft, einen kleinen Kalender und ein Foto. Die Ränder des Fotos waren beschädigt, die Ecke links oben abgeknickt. Ein junges Mädchen im Bikini lachte mich aus einer ländlichen Umgebung heraus an. Ich erkannte sie sofort: Jeanne Marigny, die blühende, lebenslustige, skandalumwitterte junge Frau, der ich auf der Außentreppe in der Rue de la Saïda begegnet war.

„Große Geister treffen sich", sagte ich. „Vor zwei Minuten hab ich an eben dieses junge Mädchen gedacht."

„Sie kennen Sie?"

„Kennen ist vielleicht übertrieben. Und Sie?"

„Seh das Foto nicht zum ersten Mal. Es ist Demessy mal aus der Brieftasche gefallen. 'Ne hübsche Puppe hast du da, hab ich zu ihm gesagt."

„Was anderes als eure Zizi, hm?"

„Ja, muß man zugeben", gab er zu. „Und er hat's auch zugegeben."

„*Wer* hat *was* zugegeben?"

„Demessy, daß das seine Puppe ist."

„Haben Sie ihn gefragt, ob er mit ihr geschlafen hat?"

Petit-Louis grinste.

„Ganz schön neugierig, hm?"

„Und was hat er geantwortet?"

„Nichts. Hat nur gelacht. Aber irgendwie komisch gelacht."

„Hinterher erscheint einem alles immer komisch. Vor allem, wenn einer lacht."

„Vielleicht... Ist das was wert?"

Er reckte das Kinn in Richtung Foto. Ein paar Tropfen landeten auf dem Armaturenbrett.

„Tausend Francs fürs Finden und weitere tausend, wenn ich's behalten darf. Macht zusammen zweitausend. 'n reines Verlustgeschäft für mich."

„Für mich nicht", sagte er grinsend.

Ich schob ihm zwei Scheine rüber.

„Sonst noch was?"

„Im Moment nicht."

„Dann vielen Dank, und bis demnächst, wenn Sie wieder mal was finden."

„O.k."

Er stieg aus und hüpfte über die Straße. Sah aus, als wollte er den Regentropfen ausweichen. Aber er hatte keine Chance. Es regnete immer heftiger. Ich betrachtete eine Weile das Mädchen auf dem Foto, las das Flugblatt – was schon weniger amüsant war – und schob alles zusammen in meine Tasche. Dann saß ich noch ein paar Sekunden bewegungslos da, Pfeife im Mund, Hände am Steuer. Der Regen hämmerte auf das Wagendach. Klang wie: ‚Gehst du schon so früh zum Bal Nègre, Jeanne?' Derselbe Tonfall wie der des Halbstarken in der Rue de la Saïda. Ich knipste die Innenbeleuchtung aus und fuhr los. Die Uhr auf dem Armaturenbrett zeigte fünf nach acht.

6

Ich fuhr in die Rue de Vaugirard, um in der Brasserie Alsacienne in aller Ruhe Sauerkraut zu essen, die Spezialität des Hauses. Dann nahm ich Kurs auf die Rue Blomet. Auf den feuchten Bürgersteigen spiegelte sich melancholisch das Laternenlicht. Je später es wurde, desto kälter wurde es und desto seltener wurden die Passanten. Als ich den Bal Nègre betrat, schlug es zehn. Eine tropisch heiße Musik empfing mich. Exotisch, frenetisch, vielleicht etwas übertrieben für meinen Geschmack. Auf der Tanzfläche bewegten sich Schwarze und Weiße mehr oder weniger im Rhythmus. Es roch nach Schweiß, Tabak und Antillen-Rum.

Ich bezahlte den Eintritt bei einem Mädchen mit Milchkaffee-Teint und krausem Haar unter einem Tuch. Ein junger Schwarzer in einer großkotzigen karierten Jacke hielt sich an der Theke des Schalters fest und redete mit dem schönsten Pariser Akzent auf das Mädchen ein. Bei dem stammte nur die Farbe von den Antillen. Die Inseln kannte er lediglich aus Filmen.

Auf der rechten Seite des Saales lief auf halber Höhe eine Galerie entlang. Dort saßen Gäste, die wohl eher das pittoreske Spektakel genießen wollten, als sich selbst ins Vergnügen zu stürzen. Dennoch herrschte auf der Treppe nach oben ein ständiges Kommen und Gehen. Ich drängte mich dazwischen und fand tatsächlich eine Nische, von der aus ich den Saal überblicken konnte.

Die aufgekratzten Musiker auf dem Podest schienen sich noch mehr zu amüsieren als die, die sie tanzen ließen. Am Tisch neben mir saßen zwei Paare. Künstler von Montparnasse, wenn ich sie richtig verstand. Ein stockbesoffener großer Blonder suchte Streit mit seiner Frau. Hatte das Gefühl, sie tanzte etwas zu oft mit einem von Martinique. Die Frau gab zurück, das sei einer aus dem Senegal. Aber es half nichts. Der Blonde befand sich mitten im Rassenkampf. Zum Trost bestellte er noch einen Punsch. Ich schloß mich ihm an.

Die Musiker beendeten ihre *biguine* und legten erst mal 'ne Pause ein. Ich sperrte die Augen auf, um Jeanne Marigny ausfindig zu machen. Vorläufig ohne Erfolg. Ich wollte lieber hier mit ihr reden als zu Hause, wo ich ihrer Mutter zuviel hätte erklären müssen. Aber vielleicht vergeudete ich hier nur meine Zeit. Schließlich erspähte ich sie aber doch noch. Sie trennte sich gerade von ihrem Tanzpartner, der offensichtlich tief enttäuscht war. Sie ging zur Treppe, der Schwarze hinterher.

Ich stand auf und schlängelte mich durch die Tische auf sie zu. Als ich vor ihr stand, sprach ich sie lächelnd an:

„Mademoiselle Marigny, nicht wahr?"

Überrascht öffnete sie den Mund, erkannte aber dann ihre Chance.

„Oh!" rief sie. „Guten Abend, Monsieur."

Sie drehte sich zu ihrem hartnäckigen Verehrer um:

„Tut mir leid, aber der nächste Tanz ist schon vergeben. Sie sehen ja, Monsieur hat's eilig."

Der Schwarze gab auf und verschwand auf der Treppe. Jeanne Marigny streckte ihm die Zunge raus.

„'n bißchen zu anhänglich, der Kerl", sagte sie erklärend.

Ihr Parfüm verscheuchte alle anderen Gerüche. Die Kaninchenjacke hatte sie wohl an der Garderobe abgegeben. Sie trug eine angenehm aufgeknöpfte Hemdbluse.

„Sie sind gerade richtig gekommen, wie gerufen", sagte sie. „Aber jetzt gehört Ihnen wohl der Tanz..."

„Nicht, wenn Sie's als lästige Pflicht betrachten."

„So meinte ich das nicht. Ich..."

Plötzlich schien ihr etwas einzufallen. Sie schlug heftig die Hand vor den offenen Mund. Ein schöner Mund, mit schönen Zähnen. Und eine schöne Hand.

„Aber... sagen Sie mal, M'sieur...", stammelte sie. „Sie... Woher kennen Sie meinen Namen?"

„Wir haben uns schon mal gesehen."

Gespielt wütend runzelte sie die Stirn. In Wirklichkeit war ihr zum Lachen zumute.

„Das ist keine Antwort."

„Tun wir so, als wär's eine."

„Also wirklich! Wir haben uns schon mal gesehen, haben Sie gesagt?"

„Getroffen."

„Wo denn? Hier?"

„Nein, in der Rue de la Saïda. Auf der Treppe, heute morgen, gegen Mittag..."

„Ach ja!" rief sie. „Ja, natürlich... Entschuldigen Sie, aber ich hab nicht drauf geachtet."

„Ich nehm's nicht persönlich. Schließlich bin ich nicht Luis Mariano."

Sie lachte und zwinkerte mir zu.

„Zum Glück für Sie, einerseits", bemerkte sie.

Sie wirkte kindlich und ernsthaft zugleich. Eine seltsame Mischung.

„A propos", fuhr sie fort, „Luis Mariano sind Sie also nicht. Und wer sind Sie dann? Sie kennen meinen Namen, aber ich kenne Ihren nicht."

„Nestor Burma ist mein Name."

„Oh la la! Das muß ein Pseudonym sein..."

„Leider nein!" seufzte ich.

„Im Ernst? Sind Sie beim Zirkus?"

„So ungefähr. Ich bin Privatdetektiv."

„Was?"

„Ja."

„Also, das ist doch..."

„Nicht wahr? Als wir uns heute auf der Treppe begegnet sind, war ich auf dem Weg zu einem Ihrer Nachbarn. Paul Demessy. Kennen Sie ihn?"

„Natürlich."

„Ich bin ein Freund von ihm.“
„Ach!“
„Würde mich gerne über ihn unterhalten. Geht das?“
„Warum nicht?“
„Setzen wir uns an meinen Tisch. Da sind wir ungestört. Nebenan wird zwar rumgebrüllt, aber die interessieren sich nicht für andere.“
Neugierig folgte sie mir. Als wir saßen, hielt ich ihr das Foto unter die schönen haselnußbraunen Augen.
„Sind Sie das, oder ist das Ihre Schwester?“
„Das bin ich. Ich hab keine Schwester. Woher haben Sie das?“
„Demessy hat es in seinem Overall vergessen, der bei Citroën hängt. Nicht sehr galant, aber vielleicht ist ja nichts mehr zwischen Ihnen.“
„Zwischen uns? Was soll denn zwischen uns sein?“
„Tun Sie nicht so naiv. Sie sind aufgeklärt genug, um zu wissen, was zwischen einem Mann und einer Frau sein kann.“
„Zwischen uns war nie was.“
„Und trotzdem haben Sie ihm das Foto gegeben? Sie sind so gut wie nackt... Auf dem Foto.“
„Ich hab's ihm nicht gegeben...“
Sie schob ihre Hand in den Blusenausschnitt und strich sich über die Schulter. Wenn sie das inspirierte...
„Er hat's mir geklaut.“
„Ja, ja!“
„Wirklich, er hat's mir geklaut! Vor einiger Zeit hab ich eine kleine Brieftasche verloren. Auf der Treppe oder im Hof, was weiß ich. M'sieur Demessy hat sie gefunden und mir gebracht. Außer etwas Geld und dem Personalausweis waren mehrere Fotos drin. Dies hier zum Beispiel. Damals hab ich gar nicht bemerkt, daß es fehlte. Aber jetzt...“
„Also hat er's sich einfach angeeignet?“
„Sonst wär's ja nicht in seinem Overall gelandet! Ich schwöre Ihnen, ich habe ihm niemals irgendein Foto gegeben, weder das da noch ein anderes. Warum sollte ich?“

„Und warum sollte er Ihnen eins klauen?“

Sie lächelte schwach. Ein trauriges Lächeln, beinahe angewidert. Hätte ich ihr gar nicht zugetraut.

„M’sieur“, sagte sie, „Sie sind doch aufgeklärt genug, um zu wissen...“

„Wie Sie“, bemerkte ich.

Sie zuckte die Achseln.

„Vielleicht. Vielleicht sieht’s aber auch nur so aus.“

„Vielleicht macht das die Rue de la Saïda, die Umgebung ohne Horizont, in der Sie leben?“

Sie sah mich erstaunt an. In ihren Augen schimmerte so was wie Hoffnung.

„Können Sie sich in mich hineindenken, M’sieur?“

„Ich versuch’s.“

„Dann sind Sie der einzige. Die andern mit ihrem Klatsch und Tratsch, den Gerüchten... Hören Sie, M’sieur. Sie wissen, wer ich bin. Und wenn Sie meinen Namen kennen, dann haben Sie auch bestimmt ’ne Menge über mich gehört, oder?“

Ich zuckte die Achseln.

„Lassen Sie die Leute doch reden. Das ist doch ihr einziger Spaß.“

„Zum Teufel mit denen...“ Sie musterte mich mit ihren feuchten Augen. „Sie sind nett, M’sieur. Überrascht mich nicht, daß Sie ein Freund von Demessy sind. Der ist auch nett.“

„Ist er anders als die andern?“

„Völlig anders.“

„Um auf das Foto zurückzukommen... Das war für ihn wohl so was wie’n tragbarer Sonnenstrahl, hm?“

Sie mußte lachen.

„Also, Sie haben ’ne Art sich auszudrücken, wirklich! Sonnenstrahl! Ja, so was Ähnliches. Sie kennen seine Frau, nicht wahr?“

Hortenses Unauffälligkeit fiel aber auch jedem auf. Wurde mir so langsam peinlich.

„Übrigens“, fügte Jeanne hinzu, „sieht so aus, als hätte er sie sitzenlassen.“

„Hab's heute morgen gehört. Dann wissen Sie's also auch?“

„Bei uns spricht sich so was schnell rum.“

„Was halten Sie davon?“

„Ich halte mich vor allem raus und überlasse es den andern, irgendwas davon zu halten. Die haben sowieso nichts Besseres zu tun...“

„Haben Sie denn vielleicht auch gehört, wohin er gegangen sein könnte? Ich muß ihn nämlich unbedingt finden. Deswegen war ich heute in der Rue de la Saïda.“

„Woher soll ich wissen, wohin er gegangen ist?“

„Wenn Sie seine Geliebte wären...“

Sie machte eine ungeduldige Bewegung.

„Wie oft soll ich Ihnen noch sagen...“

Klang ziemlich echt.

„Schon gut“, unterbrach ich sie. „Regen Sie sich ab. Wenn Sie seine Geliebte wären, wären Sie nicht hier. Und wenn Sie hier wären, dann mit ihm...“

„Freut mich, daß Sie das sagen“, bemerkte sie ironisch.

„Freut mich, daß Sie das freut“, gab ich zurück. „Noch eine letzte Frage, und wir reden nicht mehr drüber. Hat Demessy sich jemals Geld von Ihnen geliehen?“

Sie riß ihre Augen weit auf.

„Soll das 'n Witz sein?“

„Ja. Aber antworten Sie bitte trotzdem.“

„Wie sollte er sich von mir Geld leihen? Ich bin ständig blank.“

„Wie wär's mit arbeiten, so zur Abwechslung?“

Sie sah mich böse an.

„Prima, halten Sie mir ruhig 'ne Moralpredigt.“

„Ach was!“

„Ach was“, äffte sie mich nach. „Im Moment arbeite ich nicht. Aber bis vor acht Tagen hab ich noch gearbeitet. Und das, seitdem ich fünfzehn bin. Tippse. Viel Arbeit hatte ich nicht. Mein Chef hatte noch weniger. Deswegen wußte er auch nicht, was er mit seinen Händen machen sollte.“

„Und damit die Finger nicht steif wurden…"

„Genau. Also hab ich gekündigt. In der Rue de la Saïda würde mir natürlich kein Mensch glauben. Bei meinem Ruf…"

„Ich glaube Ihnen."

„Aus Ihnen kann noch was werden!" lachte sie.

Sie sah hinunter auf die Tanzfläche. Die Musiker legten wieder los, noch lebhafter und dröhnender als vorher.

„Ich habe Ihnen den nächsten Tanz versprochen", sagte Jeanne. „Gehen wir?"

Ich stand auf.

„Von mir aus. Hier, Ihr Foto. Ich brauch's nicht mehr. Ich dachte, ich hätte 'ne Spur. Hab mich geirrt."

Sie ließ das Foto langsam in die Tasche ihrer Bluse gleiten. Wir gingen auf die Tanzfläche. Als wir an den Tisch zurückkamen, war Jeanne wieder etwas entspannter. Fast wieder das herausfordernde, aufreizende Mädchen, dem ich auf der düsteren Eisentreppe begegnet war. Wir plauderten über alles Mögliche, tranken noch einen Punsch. Danach machte ich Anstalten zu gehen.

„Bleiben Sie noch?"

„Am liebsten würde ich auch gehen", sagte sie.

„Wollen Sie nach Hause? Ich kann Sie im Wagen mitnehmen."

Sie nahm das Angebot an.

Während der ganzen Fahrt kriegte sie die Zähne nicht auseinander. Wenn ich ihr Parfüm nicht in der Nase gehabt hätte, hätte ich gedacht, ich wär alleine im Wagen. Still saß sie in ihrer Ecke. Zwischen uns hätte ein ausgewachsener Catcher Platz gehabt.

Das düstere Gebäude in der Rue de la Saïda hob sich von dem schwarzen Nachthimmel ab. Alles war still. Alles schlief.

„So, da wär'n wir."

Ich lehnte mich hinüber, um die Wagentür zu öffnen.

„Entschuldigen Sie… Wiedersehn, Mademoiselle."

„Sie können Jeanne zu mir sagen."

„Gute Nacht, Jeanne."
Ich gab ihr die Hand.
„Gute Nacht. Ich..."
Ein Schrei zerriß die nächtliche Stille.
„Was war das?" fragte ich.
„Ach, nichts", seufzte sie. „Jemand hat einen Alptraum. Sogar nachts hat man hier Angst..."
Sie erschauerte.
„Vor allem nachts", sagte ich. „Gute Nacht."
„Gute Nacht. Sehen wir uns wieder?"
„Tja..."
„Wir sollten uns wiedersehn."
„Wenn Sie meinen..."
Sie hielt noch immer meine Hand. Ohne sie loszulassen, rutschte sie zu mir rüber. Mit der anderen Hand zog sie mich zu sich ran. Sie küßte mich. Dann sprang sie aus dem Wagen. Ich hörte sie über den Hof laufen, die Treppe hinauf. Laut hallten ihre Absätze auf den Eisenstufen.

Ich schloß die Wagentür, kurbelte das Seitenfenster runter und steckte den Kopf hinaus. Einige Minuten starrte ich die abweisende Fassade an. Dahinter störten also Alpträume den wohlverdienten Schlaf von Arbeitern. In der vierten Etage ging ein Licht an... und fast sofort wieder aus. Ich kurbelte das Fenster wieder hoch, startete meinen Dugat und fuhr los.

Der Kuß war nicht unangenehm gewesen. Aber er wollte mir nicht gefallen.

* * *

Nachdem ich ungefähr zehn Minuten gefahren war, hörte ich einen gebieterischen Pfiff. Kein Zweifel: Wenn jemand um diese Zeit in diesen menschenleeren Straßen so pfiff, dann war's ein Flic. Ich fuhr langsamer. Aus einer Seitenstraße rollte ein Polizeiwagen auf die Fahrbahn und versperrte mir den Weg. Ich hielt an. Ein zweiter Wagen schob sich von hinten an meine linke Seite. Ein ambulanter Puff, wie man diese

Wagen mit dem roten Warnlicht nennt. Gut organisiert das Ganze, wie 'ne Choreographie beim Ballett. Den musikalischen Hintergrund lieferten die Arme des Gesetzes, die ihre Autotüren zuknallten. Einige in Uniform, andere in Zivil. Einer ließ eine Taschenlampe aufleuchten, deren Lichtkegel die Maschinenpistole eines Kollegen traf. Der Lauf der MP klopfte gegen die Scheibe. Ich kurbelte sie runter. Der MP-Mann steckte den Kopf durch die Öffnung. Ein zweiter Flic ebenfalls. Er schnupperte und bemerkte lachend:

„Sie duften aber!"

„Hab gerade 'ne Dame befördert."

„Befördert!"

Er lachte fett. Das Licht der Taschenlampe traf mein Gesicht. Ich schloß die Augen.

„Das sieht man!" sagte der mit der Lampe. „Sagen Sie, Ihr hinteres Nummernschild ist nicht beleuchtet. Ist das Absicht?"

Er ließ die Lampe sinken. Ich konnte die Augen wieder öffnen.

„Ach, deswegen haben Sie hinter mir hergepfiffen?... Wußte ich nicht."

„Kommen Sie, sehen Sie sich's an."

Ich stieg aus. Die beiden Flics gingen mit mir nach hinten. Ein dritter untersuchte inzwischen das Wageninnere. Tatsächlich, das hintere Nummernschild konnte nicht mit dem Schloß von Chenonceaux oder anderen Licht-Ton-Spektakeln konkurrieren. Vor ein paar Monaten war mir dasselbe passiert. Hatte gedacht, die Werkstatt hätte bessere Arbeit geleistet. Ich erklärte das meinen beiden Flics, als einer in Zivil hinzukam.

„Und?" fragte er.

„Kein Algerier", war die Antwort.

„Es gibt nicht nur Algerier", knurrte der Neue. „Ihre Papiere, bitte!"

Der Befehl galt mir. Ich führte ihn aus. Eine weitere Taschenlampe trat in Aktion.

„Aha! Privatdetektiv."
„Ja. Wir sind sozusagen Kollegen."
„Sozusagen, ja."
Er gab mir die Papiere zurück. Aus dem Schatten sagte der, der meinen Wagen inspiziert hatte:
„Nichts Verdächtiges im Wagen."
„Was ist denn los?" fragte ich.
Der Inspektor gähnte:
„Vor 'ner halben Stunde ist aus einem Wagen 'ne Salve und 'ne Handgranate losgelassen worden. Beides in ein arabisches Bistro, hier im Viertel."
„Ach! Afro-Erpresser, Steuereintreiber, politische Rivalitäten und der ganze Scheißkram?"
„Genau."
„Bedaure, ich war's nicht."
„Sie bedauern das?"
„Nur so 'ne Redensart."
„Hm... Die Beleuchtung muß aber repariert werden, ja?"
„Sofort morgen früh."
Der Arm des Gesetzes beschrieb eine großzügige, befreiende Geste. Sah aus, als würde er was Dreckiges in den Papierkorb werfen.
„Und wischen Sie sich den Lippenstift ab, bevor Sie ins Bett gehen!"
Daß die einem auch immer Ratschläge erteilen müssen! Die können gar nicht anders.
Nachdem nun alles geregelt war, stiegen die Flics türenknallend wieder ein und fuhren los. Ich wischte den Lippenstift nicht ab, ging aber ins Bett. Das wollte ich sowieso.
Bevor ich einschlief, kehrten meine Gedanken noch einmal zu Paul Demessy zurück. Einer, der ohne Pauken und Trompeten seine Frau verläßt, ist manchmal schwerer wiederzufinden als einer, der überfallen worden ist. Das wußte ich aus Erfahrung. Dennoch, bei Demessy witterte ich noch was anderes. Dieses Geld... Es ließ mir einfach keine Ruhe. Wo zum Teufel hatte er's sich besorgt? Wenn ich die Goldgrube

fand, würde sich das andere von selbst finden. Das spürte ich. Mir kam 'ne Idee. Demessy war Hilfsarbeiter bei Citroën, war aber als Kfz-Mechaniker relativ begabt. Die großen Automobilfirmen hüten ihr Fabrikationsgeheimnis mehr oder weniger ängstlich. Sollte Demessy vielleicht... Ich verwarf den Gedanken wieder. Wenn er bei Citroën Pläne oder so was geklaut hatte, hätte man ihm bestimmt mehr als zwanzig Riesen gezahlt. Nun, die Summe hatte mir Hortense genannt. Vielleicht besaß er mehr. Diese Seite mußte ich noch beleuchten. A propos Seite: Ich drehte mich auf die andere und schlief ein.

7

Seinen Worten zufolge hieß er so ähnlich wie Kahil Cherif. Wie bei den meisten seiner Landsleute war seine Kleidung zusammengesucht. Wohl 'ne ethnische Besonderheit oder Begabung. Egal was sie anhaben, alles sieht aus wie 'n hängender Sack.

Er saß vor einer Tasse Kaffee im *Bistro-tabac* an der Place Fernand-Forest. Allein, müßig, unbeweglich. Wartete auf mich und starrte vor sich hin, vielleicht auf die Freiheitsstatue, die ihre erloschene Fackel auf dem Pont de Grenelle schwang. Dachte er sich einen Trick aus? Angeblich hatte er Informationen zu verkaufen über Demessy.

* * *

Den Mann schickte der Himmel. Allah sei Dank. Ohne diesen Zeugen hätte ich die Suche nach dem Nestflüchter vielleicht bald aufgegeben.

Ich hatte vergessen, vor dem Einschlafen den Wecker aufzuziehen. Ergebnis: Gegen Mittag wachte ich auf, einen üblen Nachgeschmack im Mund. Kam wohl von den ergebnislosen Nachforschungen am Vorabend. Oder vom weißen Rum im Bal Nègre. Oder vom Sauerkraut in der Brasserie Alsacienne, den ich mit zuviel Traminer begossen hatte. Egal. Ich hatte Zeit genug, den Kater zu pflegen. Demessy konnte mir gestohlen bleiben. Ganz schön verwickelt die Geschichte. Einer, der seine Frau ohne Pauken und Trompeten verläßt, ist manchmal schwerer wiederzufinden als... Ach ja, das Thema hatten wir schon. Wortwörtlich sogar. Gut. Ich brachte meinen Wagen in die Werkstatt. Sollte der Mechaniker mir eine

Neonröhre oder sonstwas an mein Nummernschild montieren. Hauptsache, das Ding war nachts zu sehen. Bloß keinen Ärger mit den Flics!

Dann aß ich 'ne Kleinigkeit und ging ins Büro. Hélène hing am Telefon. Machte ein Gesicht wie 'n Märtyrer. Als sie mich sah, seufzte sie erleichtert auf.

„Bleiben Sie dran“, sagte sie in die Muschel. Und zu mir: „Gott sei Dank, Chef. Sie kommen grade richtig!“ Sie gab mir den Hörer. „Vielleicht werden Sie besser mit ihm fertig. Ich versteh kein Wort von dem, was der Erdnußverkäufer da zusammenquatscht...“

Erdnußverkäufer stimmte nicht so ganz. Kahil Cherif war ein Kollege von Demessy, bei Citroën. Der Kerl schien auch schon über die berühmte Erbschaft Bescheid zu wissen. Und wenn ich gerne Geld in Umlauf bringen wolle... War gar nicht so einfach, aus seinem Kauderwelsch schlau zu werden. Aber mit viel Geduld... Wir verabredeten uns für sechs Uhr im *Bistro-tabac*, Place Fernand-Forest, Ecke Rue Linois, direkt gegenüber vom Bal de la Marine. Sah aus, als gehörte das Tanzlokal zu Citroën.

* * *

Sechs Uhr. Ich saß vor ihm. Hatte ihn sofort erkannt.

Kahil Cherif war ein schmaler Araber. Nase, Lippen, Schnurrbart, Kinn, Blick, alles an ihm war schmal und spitz. Sogar – und vor allem – die Ohren. Er war der Kerl, der gestern abend zusammen mit Bouscat & Co. in das Bistro an der Place Balard gekommen war und sich sofort still und unauffällig an die Theke gesetzt hatte. Unauffällig genug, um unser Gespräch belauschen zu können. Und zum Schluß hatte er mich sagen hören, mein Name sei im Telefonbuch zu finden. Ich weiß nicht, ob er die ganze Nacht gebraucht hatte, um meine Telefonnummer rauszusuchen, aber gefunden hatte er sie. Und deshalb saß ich jetzt vor ihm.

„So sieht man sich wieder!“ bemerkte ich.

Er lächelte schwach. Ein Kellner kam und fragte mich nach meinen Wünschen. Ich bestellte einen Aperitif, Cherif noch einen Kaffee.

Wir kamen schnell ins Gespräch. Der Einfachheit halber übersetze ich das, was der Araber von sich gab.

„Ich brauche Geld", begann er.

„Das geht allen so", stellte ich fest.

„Bei mir ist das was anderes. Ich habe Ausgaben."

Daran zweifelte ich nicht. Seit einiger Zeit wurden Araber ständig von Organisationen angepumpt. Und das im Namen der erhabensten Prinzipien, die man sich denken kann. Allerdings war das schon immer und überall so. Die metaphysischen Schnorrer kennen weder Unterschiede des Klimas noch der Rasse.

„Schön", sagte ich. „Sie brauchen also Geld. Und wogegen wollen Sie's eintauschen?"

„Gegen Informationen über Demessy."

„Das haben Sie mir schon am Telefon gesagt. Was für Informationen?"

„Seine Adresse."

„Kenn ich schon."

„Nein."

„Rue de la Saïda."

„Nein, eine andere."

„Welche?"

Er legte die Hand auf den geäderten Marmortisch, die Handfläche nach oben. Eine dunkelbraune, schmale Hand.

„Erst die Kohlen."

Ich zeigte guten Willen und holte fünfhundert Francs raus. Er schüttelte den Kopf.

„Denkste!" sagte er, jetzt völlig akzentfrei.

„Wie, denkste?"

„Nicht genug."

„Denkste!" sagte ich nun meinerseits und steckte die Scheine wieder ein. „Du bist ein kleiner mieser Gauner, mein lieber Freund. Du erzählst dummes Zeug. Leere Versprechungen. Und die willst du auch noch verkaufen. Du weißt genausowenig wie ich, wo sich Demessy rumtreibt. Ich kann zwar etwas Geld verschenken, aber keine Mengen. Und vor allem hab ich keine Zeit zu verschenken. Schon blöd genug von mir, überhaupt hierher zu kommen. Fahrt, Getränke... Kostet alles. Das hast du dir hübsch ausgedacht, heute nacht. Aber so läuft das nicht."

„Ich schwör's dir, mein Freund."

„Denkste!" sagte ich wieder. „Hör mir mal gut zu. Ich kann dreitausend ausgeben für Demessys neue Adresse. Vorausgesetzt, er hat im Moment eine. Tausendfünfhundert, wenn du die Adresse nennst. Den Rest, wenn ich's nachgeprüft habe. Wenn er inzwischen abgekratzt ist, gehören die fünfzehnhundert trotzdem dir. Überleg dir's. Tu es oder lass es. 'n Blödmann bin ich sowieso. Du kannst mir irgendeine Adresse nennen, und ich bin mein Geld los. Ist mir völlig klar. Aber man soll auch mal das Böse herausfordern. Frisch gewagt ist halb gezahlt."

Mein Gegenüber dachte darüber nach. Ich hatte wohl den richtigen Ton getroffen.

„Einverstanden", sagte er nach einer Denkpause.

Dann hielt er seine Rede – ‚Wir wollen doch nicht länger um den heißen Brei herumreden', nicht wahr?, begann er –; einerseits, um mein Vertrauen zu gewinnen und mir seinen guten Willen zu zeigen, andererseits, um mir was für mein Geld zu bieten.

Wie vermutet, hatte er alles mitgekriegt, was die drei Arbeiter und ich am Abend vorher erzählt hatten. Genauso wie er den Vorarbeiter Rieussec in der Werkstatt hatte sagen hören, daß ich Demessy suche und in Firmins Bistro warte. Cherif selbst war nicht angesprochen worden. Erstens war er mit Demessy nicht so eng befreundet wie die andern drei, und zweitens werden „dreckige Araber" bei uns manchmal wie Luft behandelt. Aber Cherif wußte was von Demessy, was die anderen nicht wußten. Und deshalb war er auch zur Place Balard gegangen, um zu sehen, woher der Wind wehte. Als ich dann alleine zurückgeblieben war, hatte er sich nicht entschließen können, mich anzusprechen.

„Man weiß nie, wie jemand reagiert. Verstehst du, mein Freund?"

„So kompliziert ist das bei mir nicht. Ob Türke, Maure oder sogar einer aus der Auvergne – ist mir völlig egal. Vorallem, wenn ich beruflich unterwegs bin."

Das konnte Cherif natürlich nicht wissen. Also hatte er mich weggehen lassen. Dann aber hatte er hin und her überlegt. Hatte sich schließlich gesagt, warum eigentlich nicht, hm? Wenn dabei am Ende was rausspringt... Allerdings... drei Riesen, das war nicht grade 'ne fette Beute, seiner Meinung nach. Er hatte mit mehr gerechnet. Vor allem, weil er doch noch so gut wie die Hälfte abgeben mußte, an einen Freund.

„Wieso das?"

„Ich bin nur 'n Araber, mein Freund..."

Er konnte nicht lesen. Mußte sich überhaupt mit einigem hier bei uns rumschlagen. Aber er kannte einen, der mal 'n paar Monate zur Schule gegangen war. Der hatte ihm geholfen, meinen Namen im „Postbuch" zu finden. Und das kostete natürlich 'ne Kleinigkeit.

„Dreitausend", sagte ich. „Keinen Sou mehr. Ob da nun noch 'ne ganze Sippschaft dranhängt oder nicht."

„Aber die Erbschaft..."

„Dummes Zeug!"

„Was?"

„Ja."

„Worum geht's denn dann?"

„Soll dir egal sein. Also, die Adresse!"

An dem Tag, nachdem Demessy die Arbeit hingeschmissen hatte, hatte er ihn in der Rue de Vaugirard getroffen. Cherif hatte seinen Augen nicht getraut: Demessy war nicht wiederzuerkennen, ausstaffiert wie ein Lord. Das konnte doch nicht Demessy sein! Bestimmt nur einer, der ihm ähnlich sah. Oder 'n Zwilling! Cherif war dem eleganten Herrn gefolgt.

(Ich vermutete, weil er ihm ans Portemonnaie wollte; aber der Araber protestierte entrüstet.) Demessy oder sein Doppelgänger hatte ihn in die Rue Payen geführt.

„Rue Payen?"

„Etwas weiter unten", erklärte der Araber. „Zur anderen Brücke, Pont Mirabeau. Das dritte oder vierte Haus rechts, wenn man von der Avenue Emile-Zola kommt, zwischen Avenue Emile-Zola und Rue de Javel, da ist die Rue Payen."

„Cherif, du wärst 'n erstklassiger Fremdenführer", lachte ich. „Am besten, wir gehen zusammen hin. Es sei denn, du legst keinen besonderen Wert darauf..."

Er rutschte auf seinem Stuhl hin und her.

„Verstanden", sagte ich. „Du hast geblufft."

„Ich schwöre, mein Freund."

Verdammt, fügte er erklärend hinzu, er frage sich, ob er da nicht gerade 'n Riesenscheiß verzapfe. Schließlich sei Demessy von zu Hause abgehaun, habe seine Arbeit hingeschmissen und alles. Und wenn er, Cherif, ihn nun wie einen Pascha wiedertreffe... Wisse er, was dahintерstecke? Die Erbschaft wär 'ne Erklärung gewesen. Aber so... Das ändere alles. Wirklich beschissen, sich in so was einzumischen... und das für fünfzehnhundert oder vielleicht dreitausend.

Seine Sorge schien echt. Vielleicht war sie die Garantie für den Wert der Information.

„Aber, aber", beruhigte ich ihn, „warum denn gleich diese Angst, mein Lieber? Wovor denn? Hab gehört, daß ihr euch seit den Geschichten in Algerien öfter mal in die Haare kriegt, so unter Glaubensbrüdern. Aber Demessy ist Europäer, also sozusagen nicht im Rennen."

„Manchmal sind die am schlimmsten."

„Du meinst Europäer, die in nordafrikanischen Organisationen mitmischen?"

„Ja."

„Da kann ich nur lachen! Demessy kümmert sich 'n Scheißdreck um Politik, ob in Nordafrika oder der Moldau-Walachei."

„Jedenfalls wohnt er – nicht ständig, aber hin und wieder – im Bistro-Hotel eines Mohammedaners."

„Im Ernst?"

„Ganz offiziell. Hab selbst auch mal da gewohnt. Und ich kenne 'ne Menge Landsleute, die noch da wohnen. Daher weiß ich, daß Demessy ein Zimmer hat, Zimmer 10, das beste... für sich ganz alleine. Die andern steckt Ahmed – das ist der *patron* – zu fünft oder sechst in ein einziges Zimmer."

„Zimmer 10? Du weißt ja richtig Bescheid!"

„Hab mich genau erkundigt. Wollte Ihnen vollständige Informationen liefern. Aber ich hab mit mehr als dreitausend gerechnet..."

„Hier", sagte ich und gab ihm drei Scheine. „Ich glaube dir. Wenn's nicht stimmt, hab ich eben Pech gehabt."

„Es stimmt."

„Großer Gott! Was hat Demessy in einem Araberlokal verloren? Und dann gekleidet wie ein Prinz!"

„Keine Ahnung."

„Vielleicht versteckt er sich?"

„Keine Ahnung."

Ich dachte kurz nach.

„Na ja, ich werd's ja bald erfahren. Zimmer 10, hast du gesagt?"

„Ja."

„Und man muß durchs Bistro gehen?"

„Nein. An der Seite ist eine Treppe."

Ich konnte es ja mal probieren.

* * *

Erst einmal sah ich mir das besagte Bistrotel vom Steuer meines Dugat aus an. Das trübe Licht fiel giftgrün auf den Bürgersteig, grade mal bis zur Bordsteinkante. Ich fuhr langsam zu dem Teil der Rue Payen, der rechtwinklig in Richtung Seine abknickt. Dort standen 'ne Menge Autos. Hinter einem zweifarbigen amerikanischen Wagen, der wie ein Heiligenschrein ausgeschmückt war, fand ich einen Parkplatz. Hoffentlich schämte sich der Besitzer des modernen Schlittens für meine alte Karre. Zu Fuß ging ich zurück zum Bistro.

Die Scheiben des Lokals waren nicht aus Mattglas, sondern lange nicht mehr geputzt worden. Dennoch versuchte ich, im Vorbeigehen einen Blick hineinzuwerfen. Eine lahme Funzel bemühte sich, den niedrigen Thekenraum mit den schmutzigbraunen Wänden zu beleuchten. Hinter der Theke thronte ein aschgrauer Fettsack. Majestätisch wie 'n überreifer Camembert und ausdrucksvoll wie 'n Tortenheber. Wahrscheinlich der besagte Ahmed. An einem braunen Holztisch neben dem qualmenden Ofen spielten drei nachdenkliche Araber Domino. Offensichtlich kam man von dem Lokal tatsächlich nicht in das Treppenhaus, wie Kahil Cherif gesagt hatte.

In dieses Treppenhaus gelangte man durch eine Tür mit abgerissenem Riegel, gleich rechts neben dem Bistro. Wider Erwarten quietschte die Tür nicht zu laut in den Angeln. Um so besser. Ich legte keinen Wert darauf, Ahmeds Aufmerksamkeit auf mich zu ziehen. Und Demessys auch nicht. Ich wollte ihn überraschen. Wenn er sich so seltsam benahm... Ich konnte das auch.

Was hatte er in diesem schäbigen Hotel zu suchen? (Auch wenn er nur hin und wieder suchte, wie mein Informant sagte). Schließlich sang hier nicht die Braut von Mecky Messer aus der Dreigroschenoper ihr Lied

... und sehen Sie meine Lumpen
und dies lumpige Hotel...

Erstens trug er keine schäbigen Kleider. Im Gegenteil. Völlig neue Klamotten. Wenn das stimmte, entfernte ich mich in Windeseile von einer einfachen Eheflucht.

Ich trat in das übelriechende Dunkel des Treppenflurs und tastete nach dem Lichtschalter. Fehlanzeige. Dafür waren die Wände feucht. Ich ging den schmalen Flur entlang. Keins der um diese Zeit üblichen Geräusche war im Haus zu hören.

Vielleicht waren Ahmeds Gäste noch nicht aus den Fabriken zurück. Irgendwo versuchte ein krächzendes Radio durch Cembalomusik etwas Atmosphäre zu schaffen. Aber das Wahre war's nicht. Von draußen drang gedämpfter Lärm zu mir. Kilometerweit entfernt, schien es. Dabei war die Avenue Emile-Zola mit ihrem Verkehrslärm nur einen Steinwurf weit entfernt. Hinzu kamen die dumpfen Geräusche der Bahnlinie Versailles-Invalides zwischen Seine und Quai de Javel. Die Seine floß sanft unter dem Pont Mirabeau hindurch, zusammen mit einigen anderen Dingen, wenn man dem Dichter glauben darf. Kurz gesagt, eine ziemlich triste Gegend. Wie der Hausflur hier. Fragte mich, ob dieser Schlauch jemals ein Ende hatte. Er hatte eins. Mein Fuß stieß gegen einen anderen, den einer Treppe. Jetzt konnte man auch das Radio besser hören. Ein kühler Wind schlug mir entgegen. Gleich hinter der Treppe machte der Flur einen Knick, und es ging auf den Hof hinaus. Ich erkannte ein zweistöckiges Gebäude. Dort herrschte offensichtlich ein anderes Klima. Die meisten Fenster waren hell erleuchtet. Aus einer der Wohnungen kam die Cembalomusik samt Nebengeräuschen. Ich begriff, warum der Flur hier allgemein zugänglich war. Zuerst hatte mich das etwas beunruhigt, zugegeben. Ich verstand zwar nicht, warum man mich hier in einen Hinterhalt hätte locken sollen; aber es gibt soviel im Leben, was man nicht versteht...

Dieser Flur war also nicht nur für Ahmeds Gäste da, sondern auch für die Mieter des Hinterhauses. Ein Bastardhaus, ein Mischmasch sowohl in Bezug auf seine Konstruktion als auch auf seine Mieter und Verwendung. Zur Hälfte Hotel, zur anderen nicht. Zur Hälfte Araber, zur Hälfte Europäer.

Ich ging zur Treppe zurück und stieg hinauf, die Hand auf dem klebrigen Geländer. Oben war keine Musik mehr zu hören, dafür Schnarchen und Bettgequietsche. Ich riß ein Streichholz an. Links und rechts Türen. Der Fußboden war zum letzten Mal für die *Art-Déco*-Ausstellung gebohnert worden. Es stank wie im Mülleimer. Im Schein des zweiten Streichholzes sah ich die Nummer 10, mit Kreide auf die Tür gemalt. Der neue Schlüssel steckte nackt im Schlüsselloch. Ohne Anhänger oder Nummer. Demessy war also in seinem Zimmer, seinem neuen Zuhause. Ich lauschte. Auf der anderen Seite der Tür meinte ich so was wie 'n Stöhnen zu hören, gefolgt von Rascheln oder Knistern. Hätte es aber nicht beschwören können. Ich öffnete die Tür.

Im Zimmer brannte kein Licht. Von draußen schien eine Laterne durch das nackte Fenster herein. Ich erkannte auf dem Eisenbett einen menschlichen Körper, zum Teil bedeckt mit einer Decke, die auf den Boden herunterhing.

Abgehacktes, keuchendes Atmen war zu hören. Ich trat ans Bett. Zu der ungesunden Luft gesellte sich ein beißender, muffiger Geruch. Ich spürte in meinem Rücken etwas Fremdes und... Zu spät! Ein stumpfer Gegenstand sauste auf das nieder, womit ich hauptsächlich arbeite. Ich fiel nach vorne, obwohl ich den Schlag instinktiv hatte kommen fühlen und mein Gegner nur halbherzig zugeschlagen hatte. Mit letzter Anstrengung versuchte ich, etwas zu packen, was in meiner Reichweite war. Ein Bein, glaube ich. Aber das Bein war schneller als meine Hand. Ich griff ins Leere. Die Tür knallte zu. Das Echo hallte in meinem Schädel wider. Ich lag mit dem Ohr auf dem Boden, wie eine Rothaut im Western. Mehr benommen und verblüfft als knockout oder tot, hörte ich das Klappern von Absätzen auf der Treppe, das immer schwächer wurde.

Wie betäubt stand ich auf, lehnte mich gegen eine Wand und versuchte, wieder zu mir zu kommen. Zwei Schritte von mir entfernt entdeckte ich einen dunklen Fleck. Mein Hut. Ich betrachtete ihn, ohne ihn zu sehen. Der Mensch auf dem Eisenbett hatte sich nicht gerührt. Die Matratze war so platt wie 'ne Wanze. Ich holte zur Vorsicht meine Kanone raus und beugte mich über den Körper. Es war hell genug, um seine Gesichtszüge nicht mit einer Kaffeetasse zu verwechseln. Paul Demessy. Oder einer, der ihm verdammt ähnlich sah. Allerdings... Als ich ihn das letzte Mal gesehen hatte, war sein Gesicht nicht so blaß und ausdruckslos gewesen. Na ja, seitdem... Übel für ihn. Sehr übel. Verdammt übel. Immerhin nahm die Sache für mich jetzt Gestalt an. Um mich herum wurde gestorben. Die stumpfen Gegenstände bezogen Stellung. Grund genug, sich an die Arbeit zu machen.

Demessy war tot. Mausetot.

Na also!

Mir blieb nichts anderes übrig, als aus der Situation das Beste zu machen. Ob ich jetzt sofort abhaute oder etwas später... Da ich schon mal hier war... Und was ich vorhatte, würde keine Ewigkeit dauern.

Ich ging zur Tür. Hoffentlich hatte mich der Kerl nicht mit der Leiche eingeschlossen. Nein, hatte er nicht. Ich zog die Tür am Riegel auf. Der Schlüssel steckte noch. Ich zog ihn raus und horchte. Verschiedene Geräusche, ganz gewöhnliche, ohne Bedeutung. Geräusche, die ich vorher auch schon gehört hatte. Sonst nichts. Ich ging ins Zimmer zurück und schloß von innen ab.

Das Fenster zeigte auf die Straße. Direkt gegenüber sah ich das spitze Dach des Holzkohlenlagers, verlassen, leblos. Vor neugierigen Blicken brauchte ich keine Angst zu haben. Also konnte ich Licht machen. Hing in dem Zimmer überhaupt eine Birne? Ich suchte den Schalter. Diesmal fand ich einen. Ich knipste das Licht an. Das übliche blutarme, gelbliche Licht. Diese Lampen scheinen von Schlafmützen fabriziert zu werden, wie geschaffen für Absteigen wie diese.

Ich überwand meinen Ekel und ging zu Demessy zurück. Besser gesagt, zu dem, was von ihm übriggeblieben war. Nachdem ich die schäbige Decke ganz weggezogen hatte, konnte ich sehen, wie gut er gekleidet war. Man mußte es zugeben. Heller Prince-of-Wales-Anzug, maßgeschneidert. Fertig zum Einsargen. Ich sah nach, was ihm eigentlich zugestoßen war. Geronnenes Blut verunzierte die Schlummerrolle. Unmöglich zu bestimmen, seit wann es geronnen war. Blut auf dem Laken, in Hüfthöhe. Wär aber gar nicht nötig gewesen. Rolle und Laken waren auch so schon dreckig genug. Ich legte die Leiche auf die Seite. Das Bett quietschte, was die Federn hergaben. Demessy hatte einen sauberen Schlag hinter die Ohren gekriegt. Erstklassige Arbeit. Leider hatte er wohl keine Zeit gehabt, sie zu würdigen. Seine schöne neue Jacke war an den Schultern zerrissen. Fast der gesamte Rücken war blutbefleckt. Als Zugabe sozusagen. Gefiel mir überhaupt nicht. Genausowenig wie's Demessy wahrscheinlich gefallen hatte. Nur konnte der sich keine Theorie mehr ausdenken. Ich brachte die Leiche wieder in ihre Ausgangslage und durchsuchte sie. Nichts. Leere Taschen. Eben ein Totenhemd. Ich deckte meinen ehemaligen Bekannten wieder zu, so wie ich ihn gefunden hatte.

In einer Zimmerecke stand ein wackliger Schrank. Ich öffnete ihn. Im Fach oben lag ein Koffer. Ich untersuchte den Inhalt. Klamotten, nichts als Klamotten. Das, was er am Tag seines Verschwindens getragen hatte, außerdem Arbeitskleidung. Alles in hoffnungslos beschissenem Zustand. Ich wußte beim besten Willen nicht, was das zu bedeuten hatte. Zeit, darüber nachzudenken, blieb mir nicht. In den Taschen der Lumpen fand ich natürlich nichts.

Ich schloß den Schrank, hob meinen Hut auf, löschte das Licht und wagte mich wieder auf den Flur. Nichts Verdächtiges zu hören. Ich zog die Tür vorsichtig zu und schloß ab. Den Schlüssel nahm ich mit. Vielleicht konnte ich ihn gut gebrauchen, wenn ich wiederkam... falls ich wiederkam. Ohne weitere Zwischenfälle gelangte ich auf die Rue Payen. Öde und verlassen lag sie da, gepeitscht von einem scharfen Wind.

Ich ging zu meinem Wagen, klemmte mich hinters Steuer und atmete erst mal tief durch. Endlich alleine mit meinem Schädelbrummen. Der amerikanische Luxusschlitten war weggefahren. Ich überlegte, ob und wieviel die Sozialversicherung den Hinterbliebenen einer wilden Ehe zahlt. Ich wußte es nicht. Schon verrückt, was ich so alles nicht wußte. Ich zündete mir eine Beruhigungspfeife an und fuhr in Richtung Rue de la Saïda.

Allerdings hatte ich nicht vor, Hortense davon zu unterrichten, daß sie inzwischen Witwe geworden war.

8

Eine Witwe war es, die mir die Tür öffnete. Die Trauerkleidung hatte sie aber schon vor einiger Zeit abgelegt. Sie wirkte beinahe elegant durch ihre stolze Haltung. Die Ähnlichkeit mit der Tochter war erstaunlich.

Ich zog meinen Hut. Der Wind, der über die Außentreppe fegte, zerstrubbelte mir die Haare. Angenehm kühlend für die Beule an meinem Hinterkopf.

„Guten Abend, Madame", sagte ich. „Madame Marigny, nicht wahr? Entschuldigen Sie die Störung. Sie kennen mich nicht, aber dafür kenne ich ein wenig Ihre Tochter. Und die würde ich gerne sprechen. Burma mein Name. Nestor Burma."

„Ach!" sagte sie mit einem seltsamen Ton in der Stimme, leicht beunruhigt. Meine Begrüßung war mir etwas schroff und energisch rausgerutscht. Bin eben ein Flic. „Ach! Treten Sie ein, Monsieur. Ich..."

Der Satz blieb unvollendet. Ich betrat die saubere, aber wenig heitere Wohnung. Erinnerte mich stark an den Haushalt Demessy, eine Etage tiefer. Madame Marigny musterte mich von Kopf bis Fuß. Dann seufzte sie und fragte:

„Wollen Sie mit ihr sprechen, oder... oder kommen Sie wegen ihr?"

„Sagen wir... beides", antwortete ich, milde lächelnd.

„Hat sie Dummheiten gemacht, Monsieur?"

Ihre Augen sahen mich flehend an.

„Dummheiten?" wiederholte ich. „Meinen Sie, Ihre Tochter könnte welche machen?"

„Was weiß ich? Sehen Sie, Monsieur, ich bin immer in Sorge. Sie sind... Entschuldigen Sie, aber... Sie sind kein junger Mann mehr... Also, ich will damit sagen, wenn ein junger Mann nach ihr fragt oder sie abholen kommt... einer von ihren üblichen Bekanntschaften... dann mach ich mir natürlich auch Sorgen. Ich hab immer Angst, sie könnten Dummheiten machen. Aber bei jemandem wie Ihnen... na ja, ich mach mir Sorgen, daß es etwas Ernsteres ist. Sie ist so eigensinnig, so frei... Ach, sie ist kein schlechter Mensch, Monsieur. Hier kritisieren alle an ihr herum. Sie benimmt sich ungezwungen, vielleicht etwas zu sehr, ich weiß es nicht. Vielleicht sind alle auch nur neidisch, weil sie jung ist und schön, aber... sie ist kein schlechtes Kind."

„Ihre Sorgen sind ganz überflüssig", log ich. „Ich wollte zu Jeanne, weil ich Arbeit für sie habe."

„Sie haben Arbeit für sie?"

„Ja."

Das war sogar etwas weniger gelogen. Madame Marigny sah mich bedauernd an:

„Ich fürchte, dann haben Sie sich umsonst hierher bemüht. Sie ist nämlich noch nicht zurück. Wie's ausgegangen ist, weiß ich nicht. Vielleicht weiß sie selbst es auch noch nicht..."

„Was ist wie ausgegangen?"

„Sie hat sich auf eine Zeitungsannonce gemeldet. Und heute nachmittag sollte ein Vorstellungsgespräch stattfinden."

„Wann genau?"

„Das hat wohl den ganzen Nachmittag in Anspruch genommen."

„Wo?"

„Weiß ich nicht mehr. Hier im Viertel, glaub ich. Soll ich mal in der Zeitung nachse..."

„Nicht nötig. Sie ist also nicht zu Hause?"

„Nein, Monsieur."

„Ich muß sie aber unbedingt sprechen... um zu wissen, woran ich bin. Verstehen Sie?"

„Ja, natürlich..."

Sie sah auf ihre Armbanduhr.

„Viertel nach acht. Für sie ist das noch nicht spät. Ob sie zum Essen nach Hause kommt, weiß ich nicht... weiß ich nie. Sie sagt es mir nie vorher. Dabei weiß sie doch, daß ich mir Sorgen mache... nein, aber ein schlechtes Mädchen ist sie nicht... Das Haus... Sie findet das Haus hier schrecklich. Vielleicht... Wenn wir was andres finden würden... Vielleicht wäre sie dann wieder wie früher... nicht so eigenwillig... so verrückt..."

„Ich werde dann wohl gehen", unterbrach ich sie. „Entschuldigen Sie noch mal die Störung. Ich komm etwas später wieder."

„Wie Sie meinen, Monsieur."

Sie hielt mich nicht auf. Nachdem sie mich hinausbegleitet hatte, kehrte sie wieder zu ihren Sorgen zurück. Der Wind pfiff sein Lied dazu durch die Stäbe des Treppengeländers.

Ich stopfte mir eine Pfeife und zündete sie an, wozu ich mehrere Versuche brauchte. Als ich gerade hinuntergehen wollte, hörte ich jemanden eilig die Treppe heraufkommen. Die Absätze klapperten über die Eisenstufen. Ich empfing das Mädchen sozusagen mit offenen Armen. Sie erkannte mich in dem schwachen Licht einer nackten Birne. Mein Anblick schien sie zu versteinern.

„Oh!... Sie!..." stammelte sie und warf einen ängstlichen Blick auf die Wohnungstür.

Sie hatte ihre Kaninchenfelljacke gegen einen Regenmantel eingetauscht. So erinnerte sie an die unvergessene Michèle Morgan in *Hafen im Nebel*. Ihr Kopftuch hielt sie in der Hand, eine Haarsträhne hing ihr in die Stirn. Ob vom Treppensteigen oder von etwas anderem, ihr Atem ging laut und stoßweise.

„Erinnern Sie sich an Ihren Wunsch?" fragte ich. *„Wir sollten uns wiedersehn."*

„Ja, ja, natürlich."

„Also, hier bin ich."

„Waren Sie bei meiner Mutter?"

„Komm gerade von ihr."

„Ach ja? Herzlichen Glückwunsch!" fauchte sie. „Oh, mir ist es doch scheißegal, was ihr von mir denkt, alle! Hab mir gedacht, ich hätte Sie überzeugt, gestern, daß zwischen Demessy und mir nichts war. Aber Sie sind genauso wie alle andern! Kommen hierher und quatschen meiner Mutter die Ohren voll mit Verdächtigungen und Vermutungen."

„Halten Sie die Klappe", knurrte ich sie an. „Ich habe Ihrer Mutter gesagt, ich sei wegen einem Job hier. Von Demessy kein Wort. Dabei bin ich genau deswegen hier. Muß Sie dringenst wegen Demessy sprechen. Hören Sie! Ihre Mutter wartet zwar auf Sie, aber sie ist dran gewöhnt, daß Sie nicht pünktlich sind. Wird auch heute nicht dran sterben. Also, kommen Sie mit... Keine Widerrede! Sonst marschieren wir zusammen zu Ihrer Mutter in die Küche, und ich pack aus. Wird ein Festessen, aber schwer zu verdauen für Sie."

„Möchte wissen, was Sie noch rausgefunden haben", sagte sie.

„'Ne ganze Menge", gab ich Auskunft.

„Na schön..."

Sie hob resignierend die Schultern und schüttelte ihre Haarpracht zurecht, so gut es der Wind zuließ.

„Na schön, bringen wir's hinter uns."

Wir gingen zusammen hinunter. Ich auf leisen Sohlen, sie auf ihren klappernden Absätzen. Klang richtig wütend. Meinem armen Kopf tat das gar nicht gut. Dazu kam noch dieses schwere, erotisierende Parfüm, das mir so langsam etwas zu vertraut wurde. Bei jeder ihrer Bewegungen stieg es mir in die Nase.

„Wie heißt es?" fragte ich, als wir in meinem Wagen saßen.

„Wie heißt was?"

„Ihr Parfüm."

„Es hat keinen Namen, nur eine Nummer. 13."

„Eine Glückszahl", lachte ich.

„Warum nicht?"

„Jedenfalls etwas außergewöhnlich."

„Ja, man riecht's nicht überall", sagte sie mit kindlichem Stolz.

„Je nachdem. Manchmal riecht man's dort, wo's einfach nicht hingehört."

„Ach ja? Was Sie nicht sagen. Zum Beispiel in der Rue de la Saïda?"

„In der Rue de la Saïda und anderswo."

„Jedenfalls etwas außergewöhnlich, wie Sie schon sagten. Nicht jeder benutzt es."

„Das ist ja das Beschissene", murmelte ich.

Sie stampfte mit dem Absatz auf den Autoboden, mit einem der beiden wohlbekannten Absätze.

„Schluß jetzt mit dem Quatsch", sagte sie. „Wollen Sie mir nicht endlich sagen, was Sie von mir wollen?"

„Später, bei mir..."

Ich startete den Wagen.

„Bei mir... Keine falschen Schlüsse!... Ich meine, in meinem Büro, nicht in meinem Schlafzimmer. Obwohl... In meinem Büro steht ein Sofa, aber wir werden es nicht benutzen. Es sei denn... Vielleicht würde Ihnen das sogar gefallen, hm?"

„Haben Sie sich vorgenommen, so widerlich wie möglich zu sein?"

„Weiß ich nicht. Vielleicht ist es der Kuß."

„Welcher Kuß?"

„Der von gestern nacht. Haben Sie ihn schon vergessen? Würde mich wundern..."

„Nein, ich hab ihn nicht vergessen. Aber nicht, weil ich mich wie 'ne dumme Gans benommen habe..."

„Dumme Gans ist nicht der richtige Ausdruck. War 'n bißchen zu flott, finden Sie nicht auch?"

„Zu flott? Wie meinen Sie das?"

„Ich meine, daß Sie mir an den Kragen wollten."

„Zerbrechen Sie sich da nicht unnötig den Kopf?"

„Nein, das besorgen schon andere für mich. Hier, fühlen Sie meinen Hinterkopf."

„Aber, hören Sie mal..."

„Fühlen Sie, hab ich gesagt!"

Sie fühlte.

„Also wirklich", rief sie. „Was ist das für 'ne Beule?"

Ich sah sie lange an. Dann sagte ich:

„Bestimmt kein Intelligenzbeweis. Oder Sie sind das gemeinste kleine Miststück, das ich jemals kennengelernt habe."

„Wie bitte? Was erlauben Sie sich ... ? Halten Sie sofort an! Ich will aussteigen."

„Nur keine Panik. Werd's Ihnen erklären."

„Wird auch höchste Zeit. Ich muß Ihnen nämlich gestehen..."

„Genau das wollte ich von Ihnen: Geständnisse. Aber ich muß Ihnen auch was gestehen: Ich glaube, ich bin auf dem Holzweg."

„Das glaub ich nicht nur, da bin ich ganz sicher", sagte sie, als wir in meinem Büro saßen. „Geständnisse? Was für Geständnisse? Ich hab Ihnen doch schon gesagt, daß zwischen M'sieur Demessy und mir nie was gewesen ist. Eine nette Freundschaft, mehr nicht. Wenn wir uns begegneten, haben wir gerne 'n paar Worte gewechselt. Einmal hat er mir sogar was geschenkt. Ja und? Scheint so, daß er seine Frau verlassen hat, daß er abgehaun ist. Was kann ich dafür? Ich weiß nichts. Sie sind doch der Detektiv! Also werden Sie ihn vielleicht auch finden. Ist doch schließlich Ihr Job, Leute wiederzufinden. Und wenn Sie ihn wiedergefunden haben, können Sie ihn ja fragen."

„Sie werden lachen, ich hab ihn schon wiedergefunden", sagte ich.

Sie lachte nicht, aber überrascht schien sie auch nicht zu sein. Schließlich ist das ja mein Job, oder?

„Ja, verdammt nochmal! Warum dann diese Geheimnistuerei? Hoffentlich haben Sie ihm gesagt..."

„Gar nichts hab ich ihm gesagt."

„Ach, Sie haben's nicht gewagt? Lieber gehen Sie mir mit Ihrem Gequatsche auf den Wecker, von dem ich kein Wort versteh, anstatt..."

„Ich hätte mir den Mund fusslig reden können, er hätte mich nicht gehört."

Das Mädchen saß in einem Sessel, ich stand davor.

„Er war tot", sagte ich.

„Was?"

Sie fuhr hoch. Ihre Überraschung war nicht gespielt.

„Was?" wiederholte sie. „Tot?"

„Ermordet, um genau zu sein."

„Ermor..."

Ich hatte das Gefühl, sie würde jeden Moment aus den Latschen kippen. Ich faßte sie an den Schultern und schüttelte sie im Rhythmus meiner Worte:

„Ermordet, in einem eleganten und teuren Prince-of-Wales-Anzug, maßgeschneidert, in dem scheußlichsten Zimmer, das die beschissenste Absteige zu bieten hatte. Aber anscheinend war's noch das bei weitem beste dieses Etablissements. Möchte nicht wissen, wie die andern Löcher aussehen. Demessy war aber nicht alleine. Als ich kam, war 'ne Frau bei ihm. Von der hab ich leider nur einen Schatten gesehen. Aber fühlen konnte ich sie besser. Und riechen. Fühlen am Hinterkopf, riechen mit der Nase. Von ihr hab ich nämlich die hübsche Beule. Wahrscheinlich hat sie mit einem Pistolenkolben zugeschlagen..."

„Mein Gott!"

„Und ein Parfüm hatte sie an sich! Paßte überhaupt nicht zu dem Saustall. Roch ziemlich komisch in der Umgebung. Mir war aber gar nicht zum Lachen. Es war das Parfüm Nr. 13."

„Mein Gott!" flüsterte Jeanne. „Und Sie haben geglaubt... Sie glauben..."

„Ich hab's geglaubt. Jetzt nicht mehr. Na ja, ich weiß nicht so recht. Vielleicht ist es ja nur Zufall. Aber Sie müssen doch zugeben, daß ich der Spur folgen mußte... Das Parfüm, das Klappern der Absätze auf der Treppe... Klar, es gibt noch andere, die einen solchen Krach veranstalten und sich mit der Nr. 13 zuschütten... zur Freude des Herstellers... Doch Sie kannten Demessy. Sie beteuern zwar, nicht seine Geliebte gewesen zu sein, aber weiß ich's? Und dann wollten Sie mich gestern nacht verführen... na ja, so'n ganz klein wenig jedenfalls. Vielleicht halten Sie mich für'n schwierigen Fall, aber ich muß Ihnen sagen, der Kuß hat mir nicht gefallen..."

Sehr schnell beruhigte sie sich wieder, hatte sich sofort wieder in der Gewalt. Schneller, als ich vermutet hätte.

„Entschuldigen Sie", sagte sie sachlich. „Soll nicht wieder vorkommen. Ich werde nicht mehr so impulsiv reagieren."

„Sind Sie impulsiv?"

„Wird erzählt."

„Seien Sie froh! Die feine Dame in Demessys Hotel hat jedenfalls kaltblütig reagiert. Ist mir übrigens schwergefallen, Ihnen diese Rolle zuzutrauen. Auch wenn Sie in der Nähe des Schlachthofs wohnen, so stark kann das doch nicht abfärben...! Aber zurück zu der schlagkräftigen Frau... Sie hatte zwar eine Kanone, benutzte sie aber als Schlagstock. Und dann noch 'n Kleiderhaken ins Kreuz..."

„Kleiderhaken ins Kreuz?"

„Ja, hätte meinen Hut dranhängen können. War aber in Wirklichkeit der Griff von dem Messer, das..."

Meine Erläuterung ließ die Kleine endgültig die Augen verdrehen. Als sie mit meiner Hilfe wieder zu sich kam, fuhr ich fort:

„Tja, so war's. Verzeihen Sie, daß ich Ihnen so eine Schweinerei zugetraut habe. Allerdings... wenn Sie diejenige welche wären... das hätte mir meine Arbeit sehr erleichtert... Jetzt kann ich's entweder aufgeben – dann werden wir nie erfahren, warum er sich in seinen letzten Lebenstagen so seltsam benommen hat, was mir sehr gegen den Strich ginge – oder wieder von vorne anfangen... wenn das überhaupt noch Sinn hat. Aber trotzdem... Ich bin froh, daß Sie's nicht waren. Sie sind mir nämlich sympathisch."

Sie lächelte schwach:

„Außer wenn ich Sie küsse."

„Das hab ich nicht gesagt."

„Was denn sonst? Haben Sie nicht gesagt, daß mein Kuß Ihnen nicht gefallen hat?“

„Weil ich dachte, Sie hätten ihn als Versuch eingesetzt, meinen Verstand lahmzulegen. Angenehm war er mir schon, nur gefallen hat er mir nicht. Sie können sich ja die Version raussuchen, die Ihnen besser gefällt.“

„Sie machen's verdammt kompliziert.“

„Ich fühl mich immer nur wohl, wenn's so richtig kompliziert wird. Und dabei... könnte manchmal alles so einfach sein... so einfach...“

Ich nahm sie in meine Arme und preßte meinen Mund auf ihre Lippen. Ihr junger Körper zitterte. Sie erwiderte meinen Kuß. Als sie sich losmachte, hingen Tränen an ihren Wimpern.

„Aber es ist nicht so einfach“, murmelte sie. „Was werden Sie jetzt von mir denken?“

„Daß Sie ein tolles Mädchen sind, lieb, süß, gutaussehend, einfach ganz entzückend. Reicht das?“

„Sie sind nett. Wissen Sie, gestern... als Sie mich nach Hause gebracht haben... na ja, Sie haben mir so nette Sachen gesagt, und deshalb...“

„Ich sag immer nette Sachen. Außer wenn ich fluche und grob werde... Ansonsten...“

Ich sah auf meine Uhr.

„Schon nach neun“, stellte ich fest. „Haben Sie keinen Hunger?“

„Nicht besonders.“

„Ich auch nicht. Aber 'ne Kleinigkeit könnten wir wohl vertragen. Dies hier ist ein Büro, die Agentur Fiat Lux. Aber hinten gibt es so was wie 'ne Küche... mit einem Wandschrank, in dem immer irgendwas rumliegt... Schinken, Zwieback...“

Ich legte alle verfügbaren Vorräte für einen kleinen Imbiß zurecht. Mit langen Zähnen fingen wir an zu essen.

„Ich möchte aber trotzdem noch mal kurz auf Demessy zurückkommen“, sagte ich. „Erzählen Sie mir von ihm, irgendwas... was Sie von ihm wissen. Wenn's geht, ohne zu erfinden. Vielleicht hilft mir das weiter. Zum Beispiel... Sie haben immer mal zusammen geplaudert, wenn Sie sich zufällig trafen. Und sogar ein Geschenk hat er Ihnen gemacht…"

Sie schlug sich mit der Hand vor den Mund, um einen Schrei zu unterdrücken.

„Mein Gott!" flüsterte sie. „Diese Frau… Ich weiß, wer sie ist."

„Was?"

„Na ja, so ungefähr. Hier…"

Sie stand auf, ging zu ihrer Tasche und holte einen glänzenden Gegenstand heraus. Ein Röhrchen, unterteilt in zwei ungleiche Hälften. Wie ein Lippenstift, nur größer und offensichtlich vergoldet. Ich drückte auf den kleinen Diamanten an dem luxuriösen Zylinder. Mit einem leisen Klicken sprang die Verschlußkappe auf. Ein weiteres Röhrchen kam zum Vorschein, aus Glas. Es enthielt eine farbige, duftende Flüssigkeit. Das berühmte Parfüm Nr. 13.

„Das hat mir M'sieur Demessy geschenkt", sagte Jeanne. „Inzwischen habe ich's schon mehrmals nachfüllen lassen. Das goldene Etui ist das Geschenk, von dem ich Ihnen erzählt habe. Er hat es mir samt Parfüm geschenkt. Das Parfüm hat mir gefallen, obwohl es nicht grade billig ist…"

„Der Behälter bestimmt auch nicht. Sagen Sie mal, wissen Sie zufällig, wo er's gekauft hat? Und von welchem Geld?"

„Er hat's nicht gekauft. Er hat's gefunden… oder gestohlen. Das muß ich Ihnen erklären. Also, er begegnet mir, er sieht fröhlich aus, aber irgendwie unnatürlich… so als hätte er getrunken. ‚Sie haben doch bald Geburtstag, Jeanne, stimmt's?' fragt er mich. Ich antworte, das sei noch lange nicht so weit. Erst im Juni, und damals war es so Ende Oktober, Anfang November…"

Bei mir machte es ‚Klick', aber ich sagte nichts. Das Mädchen fuhr fort:

„Er antwortet, das mache nichts, er wolle mir sein Geschenk schon jetzt geben. Und er gibt mir dieses Etui. Ich ziere mich ein wenig, aber nur der Form halber, muß ich zugeben. Hatte schon gesehen, daß es aus Gold war. ‚Ach, kommen Sie', sagt er, ,das bin ich Ihnen schuldig' …"

Das Mädchen wurde rot.

„Vielleicht reime ich mir das nur so zusammen, aber ich glaube jetzt, er hat auf das Foto angespielt."

„Das glaub ich auch", stimmte ich ihr zu.

„Bestimmt hatte er das Gefühl, sich mir gegenüber nicht richtig verhalten zu haben. Und das wollte er wiedergutmachen. ,Das bin ich Ihnen schuldig', sagte er, ,und es hat mich nichts gekostet. Ich hab's gefunden…' Und lachend hat er hinzugefügt – ich erinnere mich noch gut daran, an das seltsame Lachen, das eines Betrunkenen: ,Schon erstaunlich, was man alles finden kann in Paris. Man muß sich nur an die richtige Adresse wenden, nicht an das Büro in der Rue des Morillons, nein, sondern an die Leute, deren Beruf es ist, was zu finden…' Ach! Meinte er vielleicht Sie, M'sieur Burma?"

„Vielleicht. Wann war das noch mal?"

„Ende Oktober, Anfang November."

„Mitte Oktober war er in meinem Büro, aber ich versteh nicht… Hat er noch mehr gesagt?"

„Ja. Er hat mir erzählt… Tja, ich erinnere mich genau an seine Worte, weil sie mich so überrascht haben. Von einem Mann, auch wenn er betrunken ist… Er hat mir von Wahrsagerinnen erzählt. Genauer gesagt, von einer bestimmten Wahrsagerin."

„Ach ja?"

„Ja. 'n bißchen bekloppt, nicht wahr? Wußte gar nicht, daß Männer auch zu Wahrsagerinnen gehen."

„Soll vorkommen. Und was hat Demessy von der Wahrsagerin erzählt?"

„Daß man ihnen im allgemeinen unrecht tut und daß man keine bessere finden kann als die, die er kannte. Also wirklich, ein Mann, der zu 'ner Wahrsagerin läuft!"

Mit dem, was ich wußte, hätte mir sofort ein Licht aufgehen müssen. Aber Jeanne war einer der Bäume, vor denen man den Wald nicht sieht. Und so blieb mir durch sie weiterhin die

Wahrheit verborgen. Ja, ich hätte kapieren müssen. Wenigstens die Spur wittern. Aber was hätte es schon genützt?

„Wenn ich richtig verstehe", sagte ich, so als verstünde ich irgend etwas richtig, „dann glauben Sie, er hatte dieses wertvolle Geschenk nicht gefunden, sondern einer Frau gestohlen. Und zwar der Frau, die ihn heute getötet hat."

„Ja."

„Und Sie meinen, Sie kennen diese Frau?"

„Tja... das heißt... wenn das Fläschchen... Ich weiß nicht, wie ich's Ihnen erklären soll, aber ich hatte den Eindruck, daß er nicht zufällig von dem angeblichen Fund und gleichzeitig von der Wahrsagerin gesprochen hat... Es hatte was miteinander zu tun... Und da hab ich mir gedacht, daß dieses Fläschchen hier vielleicht der Wahrsagerin gehört hat..."

Ich schüttelte bedauernd den Kopf.

„Langsam, langsam. Die Wahrsagerin, von der Sie reden, bevorzugt hauptsächlich arabische Duftnoten."

„Ach, Sie kennen sie?"

„Demessy ist auf meine Empfehlung hin zu ihr gegangen."

Jeanne schwieg, aber ihr Gesicht sprach Bände. ‚Ich geb's auf', schien es zu sagen.

„Und wir werden jetzt ebenfalls zu ihr gehen", fügte ich hinzu. „Wenn Sie noch nie eine Pythia von nahem gesehen haben, jetzt ist die Gelegenheit da."

„Sie wollen, daß ich mit Ihnen zu ihr gehe?"

„Ja, als Zeugin. Das macht 'n wichtigen Eindruck."

„Um diese Zeit?"

„Um diese Zeit macht das noch einen viel wichtigeren Eindruck. Man muß das Eisen schmieden, solange es heiß ist. Demessy ist zwar schon fast kalt, aber der Spruch gilt trotzdem. Vielleicht besteht ja kein Zusammenhang zwischen Demessys Geschenk und seinem Besuch bei Madame Joséphine. So heißt nämlich die gute Frau. Aber fragen kostet nichts. Irgendwas stimmt da nicht. Man muß jede Spur verfolgen. Alte Privatflic-Weisheit. Kann sein, daß meine Phantasie mit mir durchgeht, aber Joséphine... Gestern war ich bei ihr.

Sie schien mir unruhig, nervös... Hab das Gefühl, sie hat mir was verheimlicht. Irgend etwas wird einem übrigens immer verheimlicht. Sie zum Beispiel, Jeanne: Hätten Sie mir das nicht schon alles gestern erzählen können?"

„Aus welchem Grund?" fragte sie. „Aber heute, nach dem, was Sie mir erzählt haben... von dem Parfüm der Frau..."

„Also gut. Gehen wir!"

Es war elf Uhr vorbei.

* * *

Ich weiß nicht, welche Sportveranstaltung im Vélodrome d'Hiver stattfand. Vielleicht war's auch was Politisches. Jedenfalls war die Hölle los. Das Geschrei der tobenden Menge war schon auf dem Pont de Passy zu hören. Dagegen ging es im Haus von Madame Joséphine sehr viel leiser zu. Der automatische Türöffner summte. Vor der Loge der verschlafenen Concierge murmelte ich irgendeinen Namen, und schon waren wir im Treppenhaus. Ich drückte auf den Lichtschalter. Auf dem Treppenabsatz der ersten Etage wurden wir von leiser Musik empfangen. In der zweiten Etage rauschte eine Wasserspülung, in der dritten herrschte Ruhe. Unser Ziel war die vierte Etage. Auch hier nicht das geringste Lebenszeichen. Ob in der fünften jemand schnarchte, interessierte uns nicht. Ich klingelte stürmisch bei der Wahrsagerin.

„Wissen Sie, was sie gleich fragt?" lachte ich.

Jeanne schüttelte den Kopf.

„Sie wird fragen: ‚Wer ist da?'"

„Sie sind blöd."

„Ich bin vielleicht blöd, aber die Hellseherin ist zu blöd, Besucher zu identifizieren. Sie werden's gleich sehen."

Wir sahen nichts. Niemand stellte die übliche Frage durch die Tür hindurch. Ich klingelte zum zweiten Mal und nahm meinen Finger erst gar nicht mehr vom Knopf. Keine Reaktion. Das Treppenlicht ging aus. Ich schaltete es wieder ein.

„Na gut“, sagte ich. „Sie ist ins Kino gegangen oder ins Vélodrome. Dann warten wir eben.“

„Hier? Auf der Treppe?“ fragte das junge Mädchen und schlug den Kragen ihres Regenmantels hoch.

„Ich könnte es mir nie verzeihen, wenn Sie sich erkälten würden. Deswegen werden wir in ihrer Wohnung warten. Ihr Kaffee ist ausgezeichnet.“

„Haben Sie einen Schlüssel?“

„Ja.“

Jeanne kannte mich jetzt gut genug, um sich über nichts mehr zu wundern. Ich holte also meinen „Schlüssel“ raus, ohne ihn ihr zu zeigen. Während ich das Türschloß zu verführen versuchte, erlosch wieder das Licht. Jeanne knipste es an. Meine Bemühungen hatten noch keinen durchschlagenden Erfolg, und das junge Mädchen wurde stutzig.

„Das ist ja gar kein Schlüssel!“ rief sie plötzlich.

„Doch. Eigentlich ein Pfeifenreiniger-Korkenzieher-Passepartout-Dosenöffner-Zahnstocher. Der Einfachheit halber nenn ich's Schlüssel. Ist kürzer.“

Sie sagte ganz aufgeregt:

„Aber, das... das ist doch...“

„Strafbar. Stimmt. Aber unter guten Bekannten mit ähnlichen Interessen...“

Jeanne seufzte:

„Wir werden Ärger bekommen, M'sieur Burma.“

„Ach was“, beruhigte ich sie.

Und sie beruhigte sich schnell. Wenn junge Mädchen zwischen Angst und Lust am Abenteuer wählen müssen, entscheiden sie sich immer fürs Letztere.

„Jo ist eine alte Freundin von mir“, fuhr ich fort, „verständnisvoll und alles. Sie wird nicht böse sein. Wär mir auch egal. Ich will sie nämlich sprechen, und zwar so bald wie möglich. Auf dem Weg hierher hab ich nachgedacht. Die Sache mit Demessy hat hier begonnen. Davon bin ich überzeugt. Demessy hat die Wahrsagerin in einer bestimmten Absicht aufgesucht, die er dann nicht mehr weiter verfolgt hat. Und von diesem Besuch an hat sich sein Leben verändert, bis hin zu der ganz großen Veränderung, dem Drama heute. Er schenkt Ihnen ein Parfüm und bringt Jo irgendwie damit in Verbindung. Das Parfüm wird von der Frau benutzt, die ihn umbringt. Er wird an einem Ort umgebracht, wo hauptsächlich Araber rumlaufen. Jo ist zur Hälfte Araberin. Und deswegen möchte ich nicht mit dem Interview warten. Wenn Jo zu Hause ist und nicht öffnen will, dann hat sie sich umsonst still verhalten. Und wenn sie nicht da ist, warten wir eben auf sie."

Joséphine war nicht zu Hause. Im Korridor stolperte ich über einen Schirmständer. Wenn sie zu Hause gewesen wäre, hätte sie der Lärm anlocken müssen, einen Schürhaken in der Hand. Ich machte Licht. Wir gingen in das „Wartezimmer" und von dort ins Schlafzimmer. Das Bett war leer. Vielleicht nicht so akkurat wie von einem Butler mit Diplom gemacht, aber jedenfalls nicht zerwühlt.

„Dachte ich mir", sagtc ich. „Sie ist ausgegangen. Wenn sie im Theater ist, wird sie hier gleich die nächste Vorstellung erleben."

„Sie wird uns etwas dreist finden", bemerkte Jeanne mit sorgenvoller Miene.

„Machen Sie sich darüber mal keine Sorgen. Während ich Kaffee koche, können Sie sich ja das Sprechzimmer ansehen, hm? Die Höhle der Pythia, ein Blick hinein lohnt sich und kostet nichts. Treten Sie näher, meine Herrschaften ...!"

Ich stieß eine Tür auf und drehte den Lichtschalter im „Sprechzimmer". Das Deckenlicht beleuchtete das Allerheiligste, den schwarzen Stoff mit den Tierkreiszeichen. Jeanne öffnete ihren Mund. Das Loch nahm die Ausmaße eines Scheunentors an. Schnell legte ich meine Hand darauf, um den zu erwartenden Schrei zu dämpfen. Joséphine wäre davon zwar nicht wachgeworden, aber ich wollte die Nachtruhe der anderen Mieter nicht gefährden. Sonst würden wir tatsächlich Ärger kriegen. Die Wahrsagerin dagegen war mit einem Schlage allen Ärger los.

Jeannes Kopf wackelte hin und her. Ihre Gesichtsfarbe

spielte ins Grünliche. Ihr Körper wurde weich und schwer. Ich ließ die Ohnmächtige sanft auf den Boden gleiten. Regungslos blieb sie liegen.

Ich ging zu Joséphine. Sie lag auf dem Rücken, neben dem Tisch, zwischen umgekippten Hockern, verstreuten Papieren, Tarockkarten und den Splittern der Kristallkugel. Ihr Gesicht war fast ganz von einem dicken, festen Knebel verdeckt. Ganz im Gegensatz zu ihrem Körper. Halbnackt unter ihrem offenen Morgenmantel, der Büstenhalter zerrissen, der Unterrock hochgeschoben, die Beine weit auseinander. Ein groteskes, obszönes Bild. Sah aus wie 'n Sexualverbrechen. Ich mußte an Demessy denken. Demessy, der durch die Schwangerschaft seiner Freundin einen Schock erlitten hatte, der von eben dieser Freundin anscheinend die Schnauze voll gehabt hatte; Demessy, dem – seinen Arbeitskollegen zufolge – der Gedanke an Frauen zu schaffen machte, Demessy, der Jeanne ein zweideutiges Foto geklaut hatte in eindeutiger Absicht. Aber erstens war Demessy bestimmt nicht der Täter, und zweitens mußte das hier nicht unbedingt ein Triebverbrechen sein. Ich beugte mich über die Leiche, versuchte, den Kopf in eine bestimmte Lage zu bringen. Möglicherweise war Joséphine an dem Knebel erstickt. Aber vorher hatte sie sich noch einen mörderischen Schlag auf den Hinterkopf eingefangen. Wie Demessy. Nachdenklich betastete ich meine Beule. Mir lief ein Schauer über den Rücken. Entweder verdankte ich mein Leben meinen tadellosen Reflexen, oder aber mein Kopf war härter geworden, seitdem er als Zielscheibe diente.

Ein Stöhnen ließ mich aus meinen Gedanken auftauchen. Jeanne war zu sich gekommen. Ich mußte ihr schnellstens wieder den Mund zuhalten, damit sie nicht schrie. Das Mädchen zitterte wie Espenlaub, ein Nervenzusammenbruch stand unmittelbar bevor. Ich schob sie in die Küche, wo ich ihren Kopf unter den Wasserhahn hielt. Dann rieb ich sie trokken, als wollte ich ihr die Haut abreißen. Sie ließ alles mit sich geschehen, die Augen vor Entsetzen weit geöffnet.

„Los, haun wir ab", sagte ich und stopfte den nassen Lappen voller Schminke in meine Tasche.

Ich mußte sie fast hinaustragen. Als ich im Treppenhaus auf den Lichtschalter drücken wollte, ging das Licht an. Leute kamen die Treppe herauf. Die Wohnungstür der ehemaligen Wahrsagerin hatte ich hinter uns zugeschlagen. Dort hinein konnten wir uns nicht flüchten. Blieb nur noch die fünfte Etage. Hoffentlich wohnten die Heimkehrer nicht dort oben! Ich bewegte mich nicht. Jeanne sowieso nicht. In der unteren Etage hörte ich erleichtert das Klappern eines Schlüsselbundes, das Stochern im Schlüsselloch, Türenknallen, wieder das Geräusch im Schlüsselloch. Das Licht im Treppenhaus erlosch. Ich wartete, Jeanne fest an mich gepreßt. Ihr Herz schlug mir bis zum Hals. Ich bedauerte es, sie in diesen Schlamassel mit hineingezogen zu haben. Schlecht für sie, aber auch schlecht für mich. Sie war mehr eine Belastung als alles andere. Ich hatte mir nicht mal den Tatort ordentlich angesehen. Wäre ich alleine gewesen... na ja, egal. Im Dunkeln tasteten wir uns nach unten. Jeanne ging wie eine Schlafwandlerin. Endlich verließen wir das Totenhaus und gingen zu meinem Wagen.

Ich startete in Richtung Pont de Bir-Hakeim, ehemals Pont de Passy. Mitten auf der Brücke hielt ich an, stieg aus und warf den Lappen, mit dem ich Jeanne abgerieben hatte, in die Seine. Vor mir drehte sich der Scheinwerfer des Eiffelturms. Über die Metrobrücke donnerte ein Zug. Seine Lichter zitterten auf der Wasseroberfläche. Der Lärm vom Vélodrome d'Hiver schwoll an. Die Menge strömte hinaus. Ich sah auf die Uhr. Kurz nach Mitternacht. Noch gar nicht so spät. Paris war voller Leben. Ich klemmte mich wieder hinters Steuer und nahm Kurs auf mein Büro. Jeanne kauerte neben mir und weinte leise vor sich hin. Ihr Kopf lag an meiner Schulter, die Haare kitzelten meine Wange. Schließlich beruhigte sie sich ein wenig. Aber sie verspürte keinerlei Bedürfnis, sich über das Schauspiel zu unterhalten, das ich ihr geboten hatte. Im Büro gab ich ihr was Stärkendes zu trinken. Es dauerte einige Zeit, bis sie wieder relativ in Ordnung war. Ich fuhr sie in die Rue de la Saïda und nahm ihr das Versprechen ab, mit niemandem, absolut niemandem über die Angelegenheit zu reden. Dann brachte ich mich selbst nach Hause. Und die ganze Zeit über wurde ich von einem Satz verfolgt. Er ging mir einfach nicht aus dem Sinn. Immer wieder mußte ich ihn mir im Geiste vorsagen, wie eine Schallplatte mit einem Sprung: *Schlechte Karten für die Wahrsagerin.* Also, manchmal meine ich wirklich…

9

Die ganze Aufregung, dazu der Schlag auf den Kopf... All das hatte zur Folge, daß ich am nächsten Morgen um elf immer noch schlief... als diese beiden Kerle bei mir auftauchten. Das bringt einen vielleicht auf die Beine! Kommissar Faroux wünsche mich zu sprechen, und wenn ich ihnen folgen wolle... Ich folgte ihnen. Zuerst in ihren Wagen, dann quer durch Paris. Als wir zum Boulevard de Grenelle kamen, sagte ich nichts. Meine Begleiter waren auch nicht sehr gesprächig. Aber ich hatte kapiert. Man mußte kein Hellseher sein, um zu merken, daß wir zur Wahrsagerin fuhren. Bei meinem überstürzten Aufbruch gestern abend hatte ich sicher Spuren hinterlassen. Oder Jeanne hatte nicht den Mund gehalten.

„Ach, Nestor Burma!" trompetete Florimond Faroux, als er mich sah.

Er stand in dem Totenzimmer. Bei ihm waren die Leiche – jetzt unter einer Decke verborgen – und einige Kollegen von der Tour Pointue. Jemand hatte einen der schwarzen Vorhänge zurückgezogen – dabei wäre jetzt mehr denn je der geeignete Augenblick gewesen, sie geschlossen zu lassen! –, und durch das freigewordene Fenster flutete Tageslicht. Das Gesetz braucht manchmal frische Luft!

„Was ist denn hier los?" fragte ich.

„Das Übliche", lachte der Kommissar. „Es wurde ein Verbrechen begangen, und Sie sind darin verwickelt."

„Ach?"

„Ja."

Er zog mich am Arm zur Leiche und machte einem seiner Männer ein Zeichen. Der hob die Decke ein wenig von Joséphines Gesicht.

„Kein schöner Anblick“, bemerkte ich.

„Ich hab Sie nicht holen lassen, weil ich Ihr ästhetisches Urteil hören wollte. Sie kennen die Dame, nicht wahr?“

„Ja. Marie Dubois alias Joséphine alias Zorga-Tinéa.“

„Richtig. Was treiben Sie so im Augenblick?“

„Nichts.“

„Keinen Fall am Laufen?“

„Nein.“

„Wissen Sie, daß es mindestens einen gibt, der Ihnen nichts Gutes will?“

„Sie sollten nicht immer von sich selbst reden. Das nennt man schlecht erzogen.“

Der Kommissar zuckte die Achseln.

„Hier, davon rede ich“, sagte er.

Mit diesen Worten nahm er eine reichlich zerknitterte Visitenkarte vom Tisch und reichte sie mir.

„Sie können damit machen, was Sie wollen. Wir haben schon alles rausgeholt, was rauszuholen war. Nicht grade viel.“

Ich strich die Karte glatt und verzog das Gesicht.

„Vor allem haben Sie wohl unangenehme Schlüsse gezogen, hm?“ knurrte ich.

„Warum?“

„Das ist eine von meinen Karten.“

„Ja. *Nestor Burma, Privatdetektiv.* Lustig, nicht wahr?“

Noch viel lustiger, als er dachte. Aber das sagte ich ihm nicht.

„Sie hielt die Karte in der verkrampften Hand“, fügte er hinzu.

„Verdammt übel“, mußte ich zugeben. „Dann bin ich also der Mörder?“

Florimond Faroux zuckte die Achseln und sagte:

„Vielleicht wollte man uns das nahelegen. Vielleicht ist das eine dieser ungeschickten Inszenierungen. Vielleicht auch nicht. Vielleicht hat die Frau in ihrem Todeskampf auch nur das nächstbeste Stück Papier genommen, das in Reichweite lag: Ihre Visitenkarte. Vielleicht ist der Mörder ganz einfach ein kleiner Witzbold. Hat das Zimmer durchwühlt und dabei Ihre Karte gefunden. Den Verdacht auf einen Privatflic lenken – oder ihn zumindest mit hineinziehen –, das hielt er wohl für einen besonders gelungenen Scherz. Ein Beweis von Humor, wie man so sagt. Noch nie ist so häufig über Humor gesprochen worden wie nach dem Krieg."

„Weil man nach dem Krieg 'ne gehörige Portion davon gebrauchen konnte, um die ganze Scheiße zu ertragen. Vielleicht."

„Vielleicht, ja. Aber wir weichen vom Thema ab. Philosophieren können wir später noch. Jetzt hätte ich gerne ein paar Erklärungen von Ihnen, mein lieber Burma."

„Wofür denn? Etwa wie die Karte hier gelandet ist?"

„Nein. Das wissen wir schon so ungefähr. Kennen Sie Célina?"

„Nein."

„Die Putzfrau."

„Ach! Haben Sie die kontaktiert?... Sieh an, noch so'n Nachkriegswort."

„Sie kommt nicht jeden Morgen. Aber heute war sie da. Sie hat das Verbrechen entdeckt und uns alarmiert. Übrigens das einzige, wozu sie bereit war. Früher ist sie mal auf den Strich gegangen. Daher ihre Vorurteile gegen Flics. Macht so wenig wie möglich das Maul auf. Zum Beispiel bei dem Namen Nestor Burma. Der sei vorgestern hiergewesen, offenbar ein Freund von Madame Joséphine."

„Stimmt genau."

„Dann schießen Sie mal los. Welcher Art waren Ihre Beziehungen zu der Kartenlegerin? Und warum waren Sie vorgestern hier? Ich weiß zwar beim besten Willen nicht, wie uns das helfen soll, aber ich muß Ihnen die Fragen stellen."

„Um sie nach einem Freund zu fragen", antwortete ich brav, „der seine Frau verlassen hat. Demessy heißt er. Ich suche ihn."

„Also haben Sie einen Fall?"

„Nicht direkt. Dieser Freund ist ziemlich am Ende…"
Konnte man wohl sagen!
„… Und seine Frau auch. Ich arbeite sozusagen auf Vertrauensbasis."
„Warum?"
„Mir gefällt sein Verhalten nicht."
„Und die Wahrsagerin hier…" Florimond Faroux zog die dichten Augenbrauen noch dichter zusammen. „Erzählen Sie mir nicht, daß Sie sich von ihr in die Karten gucken lassen wollten, hm?"
Ich lachte:
„Das nicht. Aber sie hatte noch einen Nebenberuf. Jetzt können Sie ihr ja nichts mehr tun. Also gibt's keinen Grund, Ihnen was zu verheimlichen. Hin und wieder hat sie sich nämlich als Spezial-Gynäkologin betätigt. Vor zwei Monaten hat sich Demessy an meiner breiten Schulter ausgeweint. Seine Frau war schwanger, und die angespannte Finanzlage zwang ihn zu einschneidenden Maßnahmen. Ich hab ihn zu Jo geschickt. Er war zwar hier, hat aber seinen ursprünglichen Plan aufgegeben. Seine Frau ist jedenfalls immer noch schwanger. Stattdessen hat er sich aus dem Staub gemacht. Und das finde ich nicht grade nobel. Seine Frau hat mich angefleht, ihn wieder zurückzuholen. Und so hab ich mich eben in Trab gesetzt. Obwohl ich jetzt schon weiß, daß mir das keinen müden Sou einbringen wird. Und Sie wissen ja besser als ich, wie das ist, wenn man jemanden sucht, hm? Man fragt hier und da, schaut links und rechts, bis man die heiße Spur hat. Aber, verdammt noch mal! Wenn ich das gewußt hätte, wär ich nicht hier aufgekreuzt. Oder ich hätte im Wartezimmer gewartet wie das Fußvolk, anstatt Joséphine meine Karte geben zu lassen, damit ich sofort zu ihr vorgelassen wurde."
„Ja, ja, schon gut", sagte Faroux. „Es ist nun mal anders gelaufen. Sie sagten also, daß dieser Demessy…"
Offensichtlich zweifelte er nicht an meinen Worten. Aber er war nicht umsonst Flic. Ich mußte meine Geschichte noch

einmal erzählen. Reine Routine. Nicht daß ich mich verplappern sollte, nein! Aber man weiß ja nie...

„Gut", sagte er nach meinem Zweitbericht. Nachdenklich strich er sich den Schnurrbart glatt und wechselte vielsagende Blicke mit seinen Kollegen. „Ich glaube nicht, daß Sie irgendwas mit dem Verbrechen zu tun haben, Sie und Ihr Demessy..."

Vielleicht würde der Kommissar seine Meinung ändern, wenn er von dem Mord an Demessy hören würde. Zumal die beiden Verbrechen von Zwillingen begangen sein konnten. Aber bis dahin... Plötzlich schoß mir die Frage durch den Kopf, wieso Demessys Leiche noch nicht entdeckt worden war.

„Entschuldigen Sie, daß wir Sie aus dem Bett geholt haben", fuhr Faroux fort. „Aber Ihre Visitenkarte in der Hand der Toten... Ich mußte Sie verhören, das verstehen Sie doch, oder?"

„Aber natürlich. Sagen Sie, werden Sie der Presse von meiner Karte erzählen? Ich kann Publicity zwar immer gut gebrauchen, aber so eine..."

„Die Presse wird nichts davon erfahren", versicherte Faroux.

„Vielen Dank."

„Oh, nicht weil wir uns um Ihren guten Ruf sorgen", sagte mein Freund lächelnd. „Und nicht nur Sie werden aus den Schlagzeilen rausgehalten. Joséphine auch."

Er fügte hinzu, so als würde er das Thema wechseln und zu weltlichen Dingen übergehen, was mir aber nicht der Fall zu sein schien. „Ach, kennen Sie Inspektor Benhamidh? Hab ganz vergessen, ihn Ihnen vorzustellen."

Er zeigte auf einen Menschen in einem gutgeschnittenen grauen Anzug unter einem offenen Dufflecoat. Der Kollege stand still in einer Ecke und sah die Papiere aus dem Durcheinander des Sprechzimmers der Zukunft durch. Als sein Name fiel, hob er den Kopf und kam lächelnd auf uns zu. Er hatte feine Gesichtszüge und ein Gebiß wie ein junger Wolf. Das genaue Gegenteil von einem alten Teppichhändler.

„Inspektor Benhamidh gehört einer Sonderabteilung an", fügte Faroux erklärend hinzu.

Der exotische Flic gab mir die Hand.

„Angenehm", sagte er völlig akzentfrei.

„Nichts ist so aufschlußreich wie ein gewaltsamer Tod", philosophierte Faroux. „Das läßt die Opfer in einem ganz unerwarteten Licht erscheinen. Daß die Wahrsagerin auch Abtreibungen vorgenommen hat, wußten wir noch nicht. Aber die eindeutigen Papiere hier im Zimmer haben uns schon verraten, daß sie als Briefkasten gedient hat für bestimmte Organisationen. Algerische Rebellen, Fellaghas, F.L.N. & Co."

„Also war Joséphine sozusagen eine Schweine-Ratten-Mischung."

„Genau."

Ich sah Benhamidh an, der sich wieder an seine Arbeit gemacht hatte.

„Tja", sagte ich zu Faroux, „möchte nur wissen, warum Sie dann einen armen Privatflic aus den schönsten Träumen reißen, nur weil sie seine Visitenkarte bei der Toten finden! Wenn Sie doch schon wußten, in welcher Kategorie Sie den oder die Täter zu suchen haben."

„Nordafrikaner meinen Sie?"

„Ja. Abrechnung unter politischen Gruppen und so."

„Ja, denkste! Sie sollten den Politischen mehr zutrauen, Burma. Die hätten nämlich alle schriftlichen Hinweise verschwinden lassen. Und wir hätten nie erfahren – jedenfalls nicht so bald! –, daß die Frau als Briefkasten fungiert hat."

„Auch wieder wahr", mußte ich zugeben. „Worum geht's dann, Ihrer Meinung nach?"

„Um einen simplen Raubmord. Vielleicht von einem ihrer Bekannten. Sie war halbnackt und..."

„Oho!"

„Nein. Nicht nur auf den ersten Blick. Werden Sie nicht gleich so aufgeregt! Halbnackt und... blank war sie. Diese Weiber verdienen sich dumm und dämlich. Und Steuern kennen die nicht. Haben immer ’ne Menge Geld im Haus. Das ist natürlich bekannt, zumindest glauben das viele. Aber in der ganzen Wohnung hier finden Sie keine einzige Kopeke. Nur ihr Schmuck liegt noch rum. Übrigens das meiste billige Imitation.“

„Alles in allem“, lachte ich, „hat der Mörder sich also ums Vaterland und die territoriale Verteidigung verdient gemacht? Ohne ihn hätten sie nie von Joséphines politischen Aktivitäten erfahren.“

„Und wir werden davon auch nichts an die Öffentlichkeit dringen lassen. Benhamidh wird hier eine Falle aufstellen. Wenn jemand Post bringt oder abholt, wird er einkassiert. Sie können also sicher sein, daß nichts in den Zeitungen stehen wird, weder über den Mord noch über Ihre Visitenkarte. Ich brauch Ihnen hoffentlich nicht zu sagen, daß Sie ebenfalls die Schnauze halten sollen. Und wenn Sie uns jetzt in Ruhe weiterarbeiten lassen würden...“

Er streckte mir eine Hand zum Abschied hin. Ich ergriff sie dankbar. Dann nickte ich Benhamidh und den beiden anderen Flics höflich zu und machte mich aus dem Staub, glücklich, so billig davongekommen zu sein.

* * *

Routis, der ehemalige Boxchampion, hatte ein urgemütliches Bistro, Ecke Rue Nélaton – Boulevard de Grenelle. Gleich neben dem Vélodrome d’Hiver, vor der oberirdischen Metrostation. Ich verspürte das Bedürfnis, ein Gläschen zu trinken und dabei nachzudenken. Für diesen Zeitvertreib bot sich Routis’ Bistro geradezu an.

An der Theke standen drei Typen in weißen Kitteln mit blauen Aufschlägen. Wahrscheinlich Angestellte einer Kfz-Werkstatt, die in der Arbeitspause einen Kaffee tranken. Aus dem Eßsaal drang lebhaftes Stimmengewirr. Die Wanduhr zeigte kurz nach eins, aber ich hatte keinen Hunger. Der gutmütig-sympathische Routis saß an seiner Kasse und kümmerte sich so gut wie gar nicht um das, was um ihn herum vorging. Die Brille auf der breiten Nase, las er die *Equipe*.

Auch wenn Faroux, Benhamidh & Co. eine Nachrichtensperre über Joséphines Abgang verhängt hatten, war doch ihr Auftauchen in der Wohnung der Toten nicht unbemerkt geblieben. Ohne genau zu wissen, worum es eigentlich ging, diskutierte die Thekenrunde das Ereignis. Allerdings ziemlich leidenschaftslos: die Weihnachtsvorbereitungen oder die nächste Sportveranstaltung würden diese bunte Nachricht aus ihrem Gedächtnis verdrängen.

Ich setzte mich ans Fenster, unter die riesige Vergrößerung eines Fotos mit Georges Carpentier, Pladner, Routis und anderen ruhmreichen Größen der edlen Boxkunst. Sie beglückwünschten sich gerade gegenseitig oder erzählten sich einen guten Witz. Jedenfalls sahen sie recht fröhlich aus. Die Wände des Bistros waren tapeziert mit Kampf- oder Glückwunschszenen jeden Formats. Von meinem Platz aus hatte ich einen guten Blick auf die gußeisernen Pfeiler der Metrostation. Ein Kellner mit ausgefeilter Beintechnik brachte mir das bestellte Erfrischungsgetränk. Ich konnte Bilanz ziehen. Mal sehen, was dabei rauskam.

Mitte Oktober entschließt sich Demessy widerwillig, eine Engelmacherin aufzusuchen. Auf meine Empfehlung hin geht er zu Joséphine, handelt Preis und Termin aus etc. Aber dann gibt er den Plan auf und... ja, von diesem Augenblick an verhält er sich höchst sonderbar.

Er besorgt sich Geld, verwendet es aber nicht für den ursprünglichen Zweck. Nach dem, was er der kleinen Jeanne Marigny erzählt, scheint all das mit seinem Besuch bei der Wahrsagerin zusammenzuhängen. Sehr gut möglich, daß sein Geschenk, das luxuriöse Parfümfläschchen samt Etui, aus Joséphines Umgebung stammt. Außerdem scheint er, wenn auch nicht von sexuellen Qualen gepeinigt, so doch immerhin unbefriedigt zu sein. Trotzdem begnügt er sich weiterhin mit Hortense, unternimmt nichts Konkretes in bezug auf Jeanne, begnügt sich hier wiederum mit einem Foto, das die Kleine nicht nur sehr vorteilhaft, sondern auch in herausforderndem Bikini zeigt. Offenbar ist der gute Demessy völlig durcheinander. Bei mir im Büro verschlingt er Hélène geradezu mit den Augen, wie ein Verhungernder. Was ihn jedoch nicht daran hindert, sich die Kellnerin Zizi entgehen zu lassen. *Ich hab was Besseres, aber ich mach keinen Gebrauch davon.* Ist das nur so dahergesagt? Oder entspricht das den Tatsachen? Und ist dieses „Bessere“ vielleicht die Frau, die erst ihn und dann auch noch Joséphine umgebracht hat? Die beiden sind höchstwahrscheinlich von derselben Meisterhand getötet worden – dafür würde ich meine Hand ins Feuer legen und meinen Kopf unter Wasser halten. Die Mörderin benutzt das Parfüm Nr. 13. Sie schlägt mich in der zwielichtigen Absteige zusammen. Hat sie vielleicht Demessy das Geld besorgt, mit dem er sich neu einkleiden konnte? Aber was tut er in diesem Hotel in der Rue Payen? Er und seine geheimnisvolle Mörderin? Unabhängig davon, was ein Paar in einem solchen Hotel tun kann... (Aber dafür sucht man sich im allgemeinen romantischere Liebesnester!) Und Joséphine? Sie diente als Briefkasten für irgendwelche arabische Untergrundorganisationen. Hat sie Demessy in eine Befreiungsgeschichte hineingezogen, bei der er nicht mitspielen wollte? Ich hatte bei ihm in der Rue de la Saïda Spionageromane gefunden. Konnte sein, daß die ihn noch mehr durcheinandergebracht haben, zusätzlich zu der Schwangerschaft seiner Frau. Hm... Um wieder auf Joséphine zurückzukommen: warum dieses Verbrechen? Eine Abrechnung unter Politischen schied aus. Die Kerle hätten alle Hinweise auf politische Aktivitäten der Wahrsagerin vernichtet. Faroux neigte schlicht und einfach zu der Raubmordthese. Ich weniger. Sicher, der Mörder hatte das Geld des Opfers mitgehen lassen. Aber das konnte genauso zur Inszenierung gehören wie meine Visitenkarte in der Hand der Toten. In diese ziemlich plumpe Falle war Faroux nicht gegangen. Trotzdem sollte ich mit hineingezogen werden. Auf der Karte, die ich bei meinem Besuch in der Zukunftsklause abgegeben hatte, war mein Beruf nicht vermerkt gewesen.

Dafür aber auf der, die Joséphine in der Hand hielt. Wer hatte sich diese Karte besorgt, und wo? Ganz einfach (endlich was Einfaches!): die einfache Putzfrau, Célina. Und wo? Auch ganz einfach: auf dem Treppenabsatz vor Jo's Wohnungstür. Ich hatte zuerst eine Karte mit Berufsbezeichnung rausgeholt, mich dann umentschieden und sie wieder in die Tasche geschoben. Hatte ich gedacht. Vielleicht war sie zu Boden gefallen, auf die Fußmatte... Ja, Célina wußte was. Ich sollte sie mir vornehmen. Nur konnte ich das im Augenblick nicht. Faroux wollte, daß über den Fall nichts bekannt würde. Also ließ er sie überwachen. Ziemlich unklug, jetzt zu ihr zu laufen. Célina war deshalb im Moment so unerreichbar wie die unbekannte Mörderin aus der Rue Payen.

Ich käute alles noch mal wider und kam zu dem Schluß, daß die ganze Geschichte wirklich schlecht verdaulich war.

Dann hatte ich eine Idee. Vielleicht gab es eine Möglichkeit – eine hauchdünne Chance –, an diese kostbar duftende Dame ranzukommen. Und dann würden wir uns in aller Ruhe ins Bett legen können. Kein Geheimnis würde unseren Schlaf stören. Reichlich blöd von mir, daß ich nicht früher drauf gekommen war.

10

Ich verließ Routis' Café, versorgte mich an einem Zeitungskiosk mit den Abendausgaben, winkte ein Taxi ran und ließ mich in die Rue de la Saïda fahren. Unterwegs überflog ich die Zeitungen. Weder der *Crépuscule* noch *France Soir* oder *Paris-Presse* schrieben etwas über Demessys Leiche. Klar, jetzt konnte es noch 'ne Weile dauern, bis sie entdeckt wurde. Araber spielen im allgemeinen schon nicht mit offenen Karten. Warum sollten sie wegen eines toten Christen ihre Taktik ändern und die Flics auf noch krummere Gedanken bringen? Sie hatten die Leiche im Zimmer Nr. 10 gefunden, sie ganz vorsichtig an Schultern und Füßen aus dem Hotel und in die nahe Seine befördert. Diskret und unauffällig. Mir war nur noch nicht klar, ob ich mich dazu beglückwünschen sollte oder nicht.

Der Taxifahrer sagte mit dem Akzent eines Romanow-Obersten, wir seien angekommen. Heute hatte die Sonne die Güte, sich zu zeigen. Weder sehr freizügig noch sehr heiß, aber doch offen genug, um die Gegend hier etwas erträglicher erscheinen zu lassen. Für die Fassade „meines" Hauses samt Eisen-Außentreppe reichte es jedoch nicht: das gleiche düstere Bild. Ich schickte ein Stoßgebet zum Himmel, daß ich, bitte, nicht Hortense Demessy in die Arme laufen möge. Ich konnte und wollte sie noch nicht informieren; wer noch 'n paar Informationen brauchte, war ich! In der vierten Etage läutete ich bei den Marignys, Mutter und Tochter. Die Mutter öffnete mir.

„Oh! Guten Tag, Monsieur Burma", begrüßte sie mich. „Kommen Sie doch bitte rein."

Offenbar war ich ihr sympathisch. Mal 'ne Abwechslung von denen, die mich nicht riechen können.

„Ich würde gerne Ihre Tochter sprechen", sagte ich, nachdem ich eingetreten war.

„Wegen der Arbeit, die Sie für Jeannette haben?"

„Ja."

„Tja, wissen Sie... Wir haben eine Zusage bekommen... von dem Büro, wo sie gestern war. Am 2. Januar kann sie anfangen."

„Macht nichts. Ich möchte trotzdem mit ihr sprechen."

„Sie steht gerade auf. Ist noch ziemlich mitgenommen. Heute nacht ist sie zu einer unmöglichen Zeit nach Hause gekommen. Dann hat sie sich die ganze Nacht unruhig hin und her gewälzt."

„Ich möchte trotzdem mit ihr sprechen", wiederholte ich.

Sie drohte mir affektiert:

„Sie benehmen sich so ungeduldig und aufdringlich wie ein Liebhaber. Wissen Sie, daß Jeannette im Schlaf gesprochen hat? Dabei hat sie mehrmals Ihren Namen gesagt... Ich dachte, Sie kennen sie nur flüchtig."

„Wir haben uns zweimal gesehen. Und daß sie im Schlaf meinen Namen gesagt hat... Das tun viele Frauen. Burma heißt nämlich auch einer, der Perlen, Diamanten und Halsketten verkauft. Auch wenn das nur unechtes Zeug ist, sieht's ganz gut aus. Viele werden sich nie echten Schmuck leisten können. Deshalb müssen sie sich auch tagsüber mit Imitationen begnügen."

„Sie erzählen komische Sachen, M'sieur... Ich sag ihr, daß Sie da sind."

Kurz darauf kam sie mit ihrer Tochter zurück. Jeannettes Gesicht war von der bösen Nacht gezeichnet. Aber so wahr ich meine Steuern pünktlich zahle: das verlieh der Kleinen noch einen zusätzlichen Reiz. Lächelnd gab sie mir die Hand. Die Mutter schielte zu uns rüber. Aber dann rief ihre Hausarbeit sie in ein anderes Zimmer.

„Gibt es... gibt es was Neues?" fragte Jeanne ängstlich.

„Nein. Läuft alles gut. Na ja, nicht besonders schlecht.

Werd's Ihnen erklären. Bei dem schönen Wetter sollte man spazierengehen. Kommen Sie mit?"

Sie kam.

„Vergessen Sie nicht Ihr Parfüm", sagte ich.

„Mögen Sie's?"

„Vor allem das Etui."

Wir gingen die Rue de la Saïda hinunter zur Rue Olivier-de-Serres.

„Könnte ich's für'n paar Tage haben?" fragte ich.

„Natürlich. Aber was..."

„Kann man solche Etuis überall kaufen?"

„Nein."

„Also stammt es entweder von einem Juwelier oder Schmuckhersteller oder wie das heißt, der so was für 'ne reiche Kundschaft anfertigt. Dann kann ich lange suchen und nichts finden. Oder es ist eine Laune, eine teure Liebhaberei der Frau, die wir suchen. Mit etwas Glück könnte ich... Glück haben."

„Mit viel Glück, wollten Sie wohl sagen."

„Nehmen Sie mir nicht den Schwung. Der ist sowieso nicht groß. Vielleicht steht auf dem Etui irgendein Firmenzeichen..."

„Hab nichts bemerkt."

Sie holte das goldene Etui mit dem Diamant-Knopf aus der Tasche und reichte es mir. Ich steckte es ein.

An der Ecke Vaugirard-Convention gingen wir in das Café-Restaurant Rivalet. Ich hatte Hunger und Jeanne auch. Wir setzten uns in eine stille Ecke. Während wir auf das Essen warteten, sah ich mir das Etui genau an. Der Prägestempel war geschickt angebracht, damit guter Ton und guter Geschmack nicht verletzt wurden. Gleich daneben entdeckte ich noch einen zweiten Stempel, mikroskopisch klein. Tatsächlich hätte man nur durch ein Mikroskop erkennen können, ob es sich um eine Zahl, ein Symbol, einen Gott, einen Tisch oder einen Schlüssel handelte. Ich ging zum Telefon und rief Hélène an, meine Sekretärin.

„Arbeit für Sie, mein Schatz", sagte ich. „Kommen Sie sofort zu mir ins Café de la Convention. Nehmen Sie meinen Wagen."

Hélène kam, als wir beim Dessert waren.

„Setzen Sie sich", forderte ich sie auf, nachdem ich die beiden Schönen einander vorgestellt hatte. „Bestellen Sie sich etwas, was Ihre hübschen Beine stärkt. Sie sollen nämlich spazierengehen."

„Ach!" rief meine Sekretärin mit einem Seitenblick auf Jeanne. „Und Sie gehen schlafen?"

„Dazu bin ich zu alt."

„Um schlafenzugehen?"

„Um spazierenzugehen. Und auch um schlafenzugehen, wenn Sie die volle Wahrheit wissen wollen. Und jetzt Schluß mit dem Quatsch..." Ich gab ihr das Etui. „Es hat einen Stempel und ein Zeichen. Klappern Sie alle Juweliere ab, um rauszukriegen, ob das was zu sagen hat... Ich will wissen, wer das hergestellt hat, und für wen."

„Weiter nichts?"

„Im Moment nicht."

„Na prima! Resultat in einer Stunde, nehm ich an?"

„So eilig haben wir's nicht. Der Mörder wird sich nicht umbringen, und Tote haben sowieso viel Zeit."

Ihre nußbraunen Augen wurden noch eine Spur dunkler.

„So ernst?" flüsterte sie.

„Ja."

Ohne weitere Fragen ließ Hélène das Etui in ihre Tasche gleiten.

„Na gut", sagte sie, „mal sehen, was sich machen läßt. Soll ich die Metro nehmen?"

„Ja, oder nehmen Sie ein Taxi. Ich brauch den Wagen. Aber schonen Sie ihre Beine! Sie werden sie noch brauchen."

Meine Sekretärin lachte:

„Vor allem werd ich Strümpfe brauchen. Zwei oder drei Paar gehen bestimmt dabei drauf..."

„Ich kaufe Ihnen so viele, wie Sie wollen. Und dazu noch

Strapse, falls Sie Wert drauf legen."
„Aber mit Straß besetzt, hm?"
„Nein. Daran bleibt man nur hängen."
Lachend stand sie auf und ging hinaus.

* * *

Jetzt konnte ich nichts anderes tun, als auf das Resultat von Hélènes „Spaziergang" zu warten – falls es ein Resultat geben würde. Andere Ideen hatte ich nicht. Keine Ahnung, wie ich dem Durcheinander zu Leibe rücken sollte. Das einzig Konkrete war das Parfümetui: Wer hatte es angefertigt? Wer hatte es in Auftrag gegeben? Alles andere war sehr vage. Außer Jeanne Marigny, die ganz konkret vor mir saß. Sie war es wert, daß ich mir ein paar Stunden freinahm.

„Nutzen wir das schöne Wetter und gehen wir spazieren", schlug ich vor.

Wir fuhren in meinem Wagen zur Seine. Ich konnte nicht anders, ich mußte einen Blick auf die Rue Payen werfen. Sie lag ruhig und verlassen da, wie immer. Das nordafrikanische Bistrotel stand noch am selben Platz. Es war nichts Außergewöhnliches zu bemerken. In meiner Hosentasche fühlte ich den Schlüssel zu Demessys Totenzimmer. Ob seine Leiche immer noch dort herumlag? Am besten, ich vergewisserte mich... wessen auch immer. Sehr verführerisch, solch ein Schlüssel. Und doch... Einer gewissen Frau aus *Blaubart* hat er nicht besonders viel Glück gebracht. Als wir langsam an dem Etablissement vorbeirollten, kam gerade ein Clochard raus, ein Europäer. Hinkend entfernte er sich in Richtung Seineufer, ewiger Zufluchtsort der Herumirrenden.

Wenig später parkte ich meinen Dugat am Ende der Rue Payen. Dann schlenderten auch wir am Port de Javel entlang. Es wäre eine Sünde gewesen, sich auch nur einen einzigen Sonnenstrahl entgehen zu lassen. Über das glitzernde Wasser schob sich ein Schiff, gezogen von einem Schlepper mit rotschwarzem Schornstein. Das Kielwasser klatschte gegen einen festgemachten Frachtkahn, auf dessen Rumpf ein Name stand wie... ja, genau! Sah aus wie holländisch oder dänisch oder auch norwegisch mit schwedischem Akzent. Das geht bei mir ziemlich durcheinander. Nicht nur bei mir. Ich wußte auch nicht, in welcher Sprache der Hund auf dem Kahn bellte. Aber eins verstand ich, auch ohne Wörterbuch oder Dolmetscher: er gehörte zu der unverwechselbaren Rasse der bissigen Hunde. Etwas weiter am Ufer stapelten sich Berge von Eisen. Ein Arbeiter mit einem Schneidbrenner schnitt Blechplatten. Von Lastwagen wurde Alteisen entladen. Ein paar Meter weiter röhrte eine Blechwalze auf einer Plattform. Araber fütterten die Höllenmaschine mit glänzendem oder verrostetem Schrott, der dann am anderen Ende in hübschen, kleinen Päckchen wieder rauskam und ordentlich gestapelt wurde.

Wir schlenderten denselben Weg wieder zurück. Plötzlich stellte Jeanne bewundernd fest:

„Manche haben's wirklich dicke, hm? Sehen Sie mal das Auto da. Gehört bestimmt keinem Berufsangler..."

Sie zeigte auf einen amerikanischen Schlitten. Die Chromteile blitzten in der Sonne. Die zweifarbige Sonderlackierung sah aus wie Vanilleeis. Trotzdem, ein heißer Schlitten. Er parkte direkt neben dem Frachtkahn mit dem kläffenden Köter. Der war übrigens im Augenblick weder zu sehen noch zu hören. Zwei Männer kamen aus der Kajüte. Der eine sah aus wie'n Seemann, der andere war aufs feinste gekleidet, untersetzt, mit wichtiger Miene. Die beiden verabschiedeten sich ohne Handschlag. Der Seemann verschwand wieder im Bauch seines schwimmenden Hauses. Sofort darauf tobte der bellende Hund wieder über das Deck. Der vornehme Herr stieg in die vornehme Limousine.

„Sie sind so komisch", sagte Jeanne.

„Ich? Hm... Ja, vielleicht..."

Mir war so, als hätte ich den zweifarbigen Schlitten schon mal gesehen. Plötzlich sah ich ihn wieder in der Umgebung, in der ich ihn zum ersten Mal bemerkt hatte. Bevor ich zu Demessys Höhle gegangen war, hatte ich direkt hinter ihm geparkt. Und als ich von meiner Expedition zurückgekehrt war, hatte der Luxusschlitten nicht mehr dort gestanden.

Ein Luxusschlitten...

Eine Frau, die ein teures Parfüm mit Luxusetui benutzt...

Ein Luxusschlitten, der in der Nähe parkt, als die Luxusfrau bei Demessy ist...

... und der nicht mehr dort parkt, als auch die Frau weg ist...

Und dieser feine Wagen mit dem feinen Herrn am Steuer fuhr jetzt los, über den Pont Mirabeau, hinein in den dichten Verkehr.

Instinktiv hatte ich mir das Kennzeichen gemerkt.

Vielleicht war das eine Spur.

11

Als der Wecker am nächsten Morgen um neun klingelte, war ich schon eine Weile auf den Beinen. Bei der Polizeipräfektur, Abteilung Kfz.-Zulassungen, habe ich einen netten, diskreten Bekannten, der mir immer gern eine Gefälligkeit erweist. Als ich am Vorabend eine mögliche Verbindung zwischen dem Luxusschlitten und Demessys Mörderin hergestellt hatte, hatte ich den Beamten sofort von einer Telefonzelle aus anzurufen versucht. Aber leider war er ausgerechnet an dem Tag etwas früher nach Hause gegangen. Wenn Sie morgen nochmal anrufen wollen, so gegen neun... Ich wollte. Gerade schlug es überall in Paris neun Uhr. Ob die Stunde glücklich war oder nicht, war mir scheißegal. Ich versuchte mein Glück, hatte aber zum zweitenmal Pech. Mein Bekannter hatte sich krankgemeldet. Wenn Sie morgen nochmal... Ja, Mademoiselle. Dann rief ich Hélène zu Hause an. Sie wollte gerade die Arbeit wiederaufnehmen.

„Wie sieht's aus?" fragte ich.

„Verdammt nochmal!" schimpfte meine hübsche Sekretärin. „Sie müssen mir schon etwas Zeit lassen. Meinen Sie, das wär so leicht?"

„Nein, mein ich nicht."

Auch wer seine Hände in den Schoß legt, muß nicht immer untätig sein. Ich verbrachte den Tag damit, Sprit zu verfahren. Immer auf der Suche nach dem zweifarbigen Schlitten. Völlig bescheuert, aber das gab mir das Gefühl, etwas zu tun. Geschlagene zwei Stunden kurvte ich am Pont Mirabeau rum. Vielleicht tauchte ja der Straßenkreuzer wieder auf... Dann würde ich ihm unauffällig folgen und dann... Na ja, der zweifarbige Wagen war weit und breit leider nicht zu sehen.

Ich legte mich früh ins Bett. Mein Wecker ging sowieso vor.

* * *

Der nächste Morgen war unfreundlich und kalt. Ein Tag, um in die Rue de la Saïda zu fahren. Ich mußte Hortense Demessy berichten, daß es nichts zu berichten gab. Aber ich konnte sie schließlich nicht unbegrenzt warten lassen. Die Ärmste glaubte sonst noch, sie wäre geboren worden, um im Stich gelassen zu werden. Doch bevor ich mich auf den Weg machte, versuchte ich's ein drittes Mal bei der Präfektur. Ausgeruht und gelassen saß mein Bekannter wieder hinter seinem Schreibtisch.

„Hier Nestor Burma", meldete ich mich. „Ein kleines Weihnachtsgeschenk, bitte."

„Ja."

Ich nannte ihm das Kennzeichen des zweifarbigen Straßenkreuzers.

„Ja."

„Name und Adresse des Besitzers."

„Ja."

„So schnell wie möglich."

„Ja."

Der Kerl konnte einfach nicht nein sagen.

Ich fuhr zu Hortense, ihrem Kummer und ihrem Gejammer. Nach dem Gespräch war ich einigermaßen deprimiert. Es graute mir schon vor dem Tag, an dem ich ihr sagen mußte, daß sie schon seit einiger Zeit Witwe war. Vielleicht würde ich dann zum Ausgleich etwas Geld mitbringen. Denn anscheinend hatte Demessy bei krummen Sachen seine Hand im Spiel gehabt. Sollte doch mit dem Teufel zugehen, wenn ich nicht wenigstens einen Teil davon den Hinterbliebenen, Mutter und Kind, zukommen lassen konnte! Aber vorher gab's noch 'ne Menge zu tun. Und aus diesem Grund mühte ich mich weiter ab. Das heißt, ich wartete, wartete, wartete.

* * *

Der Name des Platzes – Place de Breteuil – verrät nicht, daß damit ein gewisser Le Tonnelier geehrt werden soll, Minister am Hof von Louis XV oder XVI. Auf der Seite mit geraden Zahlen, nicht weit von der Rue Rosa-Bonheur (wann würde ich mein rosa Glück finden?), fand ich das prachtvolle Haus, so prachtvoll wie beinahe alle Häuser in dieser Gegend mit Blick aufs 7. Arrondissement. Luxus färbt ab. Das Haus, das ich ansteuerte, war vornehm und wohlanständig. Kein ruhestörender Lärm nach zehn Uhr. Und vorher: Keine Hunde, keine Katzen, und schon gar keine Miezen!

Sah so aus, als würde sich das Blatt wenden. Kaum fuhr ich von der Avenue de Saxe auf den Platz, als ich die bekannte zweifarbige Vanille-Limousine sah. Ich parkte meinen Dugat in einiger Entfernung und ging schnurstracks auf das Prachthaus zu. Dort klopfte ich an das Fensterchen der Conciergesloge.

„Entschuldigen Sie“, sagte ich entschuldigend. „Wissen Sie, ob Monsieur und Madame Laurédant zu Hause sind? Monsieur und Madame oder Monsieur oder Madame.“

Gegen Mittag, als ich schon an der Zuverlässigkeit meines Beamtenbekannten zu zweifeln begann, hatte er mich angerufen, die gewünschte Information auf den Lippen. Der Besitzer der Luxuslimousine hieß Gabriel Laurédant und wohnte an der Place de Breteuil.

„Sie sind beide zu Hause“, gab die Concierge Auskunft und kaute weiter an dem, was sie gerade im Mund hatte. „Fünfte Etage.“

Ich sah auf meine Armbanduhr, so als bemerkte ich zum ersten Mal, daß ich so'n Ding überhaupt trug.

„Oh, ich wußte nicht... Vielleicht störe ich sie und... Am besten, ich komme später nochmal wieder.“

„Von mir aus“, murmelte der Hausengel, froh, wieder in Ruhe und am Tisch essen zu können.

„Vielen Dank, Madame...“

‚Und vor allem vielen Dank‘, fügte ich in Gedanken hinzu, ‚daß Sie mir verraten haben, was ich wissen wollte: ob Laurédant verheiratet ist oder nicht!‘

In einem Bistro nebenan bezog ich Posten. Den Vanille-Wagen behielt ich immer im Auge. Nur die Fahrbahn trennte uns. Die Zeit verging, aber jetzt konnte ich mir Geduld leisten. Ich war nahe am Ziel. Es sei denn ... ja, es sei denn, Laurédants Frau war nicht die von Demessy. Ich meine die, die ihn in dem Loch in Ahmeds Hotel um die Ecke gebracht hatte. Ich lachte still in mich hinein. Die Frau von Demessy! So'n Quatsch... Unsere Sprache, die Quelle aller Mißverständnisse... Plötzlich hörte ich auf zu lachen. Eine Frau öffnete die Tür des Luxusschlittens. Ein tolles Weib, groß, schlank, elegant, stolz und alles, was dazugehört, die gesamte Palette. Als sie sich hinters Steuer setzte, schimmerte etwas nackte Haut über hautfarbenen Nylons. Die Wagentür schlug zu, und ab ging die Fahrt.

Zwei weniger eins ist eins. Wär mir zwar lieber gewesen, Gabriel Laurédant hätte 'ne kleine Spritztour unternommen und seine Frau zurück- und mir überlassen. Aber egal. Irgendwann würde sich schon noch die passende Gelegenheit ergeben.

Ich verließ das Bistro und strich eine Stunde lang um das Haus, das mich so brennend interessierte. Von dem Volksfest unter dem Metro-Viadukt, in Sèvres-Lecourbe, drang hin und wieder Musik herüber. Ich ging zurück zu meinem Wachposten ins Bistro. Die unterschiedlichsten Gedanken halfen mir, die Wartezeit rumzukriegen. Außerdem hatte ich's sowieso nicht eilig.

Nach rund einer Stunde rollte der elegante Wagen wieder an seinen alten Platz. Die ebenso elegante Frau stieg aus. Das Schauspiel mit den Nylons schenkte ich mir diesmal. Dafür sah ich mir ihr Gesicht an. Ein sehr hübsches Gesicht, dem die Jahre nicht anzusehen waren. Lässig ging die Frau auf ihren hohen Absätzen zu ihrem Haus. Auf halbem Wege kam ihr ein Mann entgegen, untersetzt, mit wichtiger Miene, in einem Mantel allerneuester Mode: der Kerl vom Port de Javel. Aber das war nun keine Überraschung mehr. Die beiden blieben voreinander stehen und wechselten ein paar passende Worte.

Dann ging die Frau ins Haus, und der Mann nahm ihren Platz hinterm Steuer ein. Er war so um die fünfzig, mit tiefer Stirn unter einem runden Hut, hartem, zerfurchtem Gesicht und hervorspringendem Kinn. Er nahm Kurs auf das, was er zu tun hatte.

Was ich zu tun hatte, war klar: ich mußte die Frau interviewen. Ich trat in das Haus, passierte ungehindert die Conciergesloge und nahm den Aufzug. Der vertraute Duft eines wohlbekannten Parfüms stieg mir in die Nase.

Ein junges Dienstmädchen öffnete mir die Tür. Ich gab ihr einen Briefumschlag mit meiner Visitenkarte und mit ein paar freundlichen Worten. Daraufhin durfte ich im Vorzimmer warten, bis sie den Umschlag übergeben hatte und zurückkam. Jetzt führte mich das Mädchen in einen elegant möblierten Salon und ließ mich mit der parfümierten Frau alleine, die neben einem antiken Tisch stand.

Sie konnte kaum älter als vier- oder fünfunddreißig sein. Gut erhalten, bestimmt sportlich. Ihre kurzgeschnittenen Haare waren kastanienbraun gefärbt. Ein zarter Mund und zwei furchtbar schöne, blaue Augen unterstrichen die Schönheit eines Gesichts, das sogar eine Spur Würde verriet. Sie trug ein elegantes Wollkleid mit einem schrägen Dekolleté, sehr kunstvoll. Ein schlichtes Kleid, von jener Schlichtheit, deren Preis und Geheimnis nur die großen Pariser Couturiers kennen.

Die Frau hielt meine Karte in ihren schlanken Fingern mit den rotlackierten Nägeln. Spielte damit, als sei sie nervös und beunruhigt. Sie wußte nicht, wie sie das Gespräch einleiten sollte. Vielleicht wartete sie darauf, daß mir was Passendes einfiel. Na ja, der Frau konnte geholfen werden...

Ich zog meinen Hut und sagte freundlich lächelnd:

„Guten Tag, Madame Demessy."

12

Die Begrüßung traf sie hart. Sie taumelte, als hätte ich ihr einen Schlag versetzt. Dann sank sie in den nächstbesten Sessel und schlug die Hände vors Gesicht. Meine Visitenkarte fiel auf den kostbaren Teppich.

„O Gott!“ stöhnte sie. „Wie soll das noch enden?“

Obwohl sie nur flüsterte, wie erstickt, konnte man einen leichten ausländischen Akzent raushören. Vielleicht machte das die Erregung.

„Ich würde viel lieber wissen, wie's angefangen hat“, entgegnete ich.

Ich bückte mich, hob meine Karte auf und steckte sie ein. Dann packte ich die junge Frau an den Handgelenken und zwang sie, mich anzusehen. In ihren blauen Augen stand die nackte Angst.

„Erinnern Sie sich nicht an mich, Wanda?“ fragte ich. „Sieh an, sogar Ihr Vorname ist mir gerade wieder eingefallen! Wanda! Sie sind immer noch genauso schön. Verstehe, daß man Sie nur schwer vergessen kann. Aber so stand's doch im Vertrag. Eine der wichtigsten Klauseln: Vergessen. Erinnern Sie sich wirklich nicht mehr an mich? Burma. Nestor Burma, Privatflic und Brautwerber. Ich war Ihr Trauzeuge. Allerdings mehr der Ihres Mannes. Reine Formalität. Ganz zwanglos. Ist schon 'ne Ewigkeit her, zehn oder zwölf Jahre, hm? Damals war ich sozusagen professioneller Trauzeuge. Ständig lief ich auf Standesämtern rum. Keine zwei Wochen vergingen, daß ich nicht einen ledigen Clochard anschleppte, den ich an den Quais aufgelesen hatte, aufgelesen und ausgesucht, ausgesucht für 'ne Eintage-Ehe, und dann hab ich aufgepaßt, daß er sein schnellverdientes Geld in aller Ruhe versoff oder versuchte, sich damit aus der Scheiße zu ziehen, aber nur eins, das durfte er nicht: an den Weihnachtsmann glauben und die frischvermählte Ausländerin belästigen, der er seinen Namen verkauft hatte, zusammen mit der französischen Staatsangehörigkeit, durch eine Scheinheirat..." Ich holte Luft.

„Sie sehen, Wanda, ich weiß, wovon ich rede. Irrtum ausgeschlossen."

„Schweigen Sie!" flehte sie mich an. „Um Himmels willen! Schweigen Sie."

Inkonsequenterweise – denn ich konnte ja nicht gleichzeitig schweigen und auf ihre Frage antworten! – fragte sie: „Sie haben mich also wiedergefunden?"

„Ja. Demessy anscheinend auch?"

„Ja."

„Bei der Hellseherin?"

„Ja. Lassen Sie mich los."

Sie befreite sich aus meinem Polizeidrehgriff.

„Dann wissen Sie ja bestens über Ihre Zukunft Bescheid..."

Ich zeigte auf den Ehering.

„Verheiratet? Ich meine: Madame Laurédant?"

„Ja."

„Bigamistin also. Na ja, jetzt nicht mehr. Seit ein paar Tagen zum Teil verwitwet."

Sie fuhr hoch.

„Ich habe ihn nicht getötet!"

„Von wem sprechen Sie?"

„Von Demessy."

„Dann wissen Sie also, daß er umgebracht wurde?"

„Ja. In dem dreckigen Araberloch. Er hatte mich dorthin bestellt..."

Sie sah mir direkt ins Gesicht.

„Er ist tot, und der Teufel soll mich holen, wenn ich ihn beweine! Es stand geschrieben, daß das sein letzter Tag sein sollte. Ich bin mit der Absicht hingegangen, ihn zu töten. Aber irgend jemand ist mir zuvorgekommen."

„In der Tat! Und womit wollten Sie ihn umlegen?"

Dumme Frage. Wanda antwortete trotzdem:

„Mit einem Revolver."

„Nicht grade die feine Art. Wie sie mir eins verpaßt haben..."

Ich strich mir über den Hinterkopf.

„Ich spür's immer noch."

„Ach, Sie waren das?"

„Ja."

Ihr Mund verzog sich zu einer verächtlichen Grimasse:

„Sie wußten Bescheid. Demessy hat Sie dorthin bestellt, um... Er war noch gemeiner, als ich dachte... Er... Was wollen Sie von mir? Was wollen Sie? Geld? Wie Demessy? Wollen Sie mich auch erpressen, hm?"

„Warum eigentlich nicht? Demessy lebte mit einer Frau zusammen, in wilder Ehe. *Er* wollte nämlich nicht in Bigamie leben. Und diese Frau... ein nettes, liebes Mädchen, kann mit Ihnen natürlich nicht konkurrieren *in puncto* Eleganz und Aussehen und so... Diese Frau jedenfalls erwartet ein Kind, und Demessy kann nicht mehr für sie sorgen. Er hat Sie erpreßt, gut. Vielleicht trete ich jetzt an seine Stelle..."

„Geld!" fauchte sie. „Lassen Sie sich bloß nicht einfallen, was anderes zu verlangen! Sonst werd ich Sie umbringen... genauso, wie ich ihn umbringen wollte!" Der Akzent war nicht mehr zu überhören.

„Beruhigen Sie sich", sagte ich. „Hab schon genug Ärger."

Sie sah mich erstaunt an.

„Ich hab nicht grade mordsmäßig viel Erfolg bei Frauen", erklärte ich achselzuckend. „Ich meine, was die Bestätigung meiner Verdächtigungen betrifft. Sie sind schon die zweite, die ich verdächtigt habe. So langsam muß ich auch mal an Männer denken. Vielleicht hab ich damit mehr Glück. Mit anderen Worten, ich dachte, ich hätte die Lösung. Aber mir scheint, das Durcheinander wird immer undurchsichtiger..."

Ich zog einen Stuhl ran und setzte mich vor die junge Frau. Schamhaft zog sie den Kleidersaum über ihre hübschen Knie.

Als sie sich in den Sessel geworfen hatte, war er ihr unanständig hochgerutscht. Aber den Anblick kannte ich ja schon. Beim Einsteigen in den Wagen und beim Aussteigen war sie nicht so prüde gewesen...

„Hören Sie, Wanda..." sagte ich und nahm ihre Hand.

„Großer Gott!" flüsterte sie. Ihr blauer Blick schimmerte plötzlich hoffnungsvoll. „Sollten Sie..."

„Was?"

„Sie glauben mir!" rief sie.

„Ich werd so tun als ob. Mal sehen, was dabei rauskommt."

„Sie müssen mir glauben!" beharrte sie.

„Ich kann nicht sagen, daß mir das besonders gut gefällt. Sie als Mörderin... Das wär nämlich die einfachste Lösung, aber... na ja..."

„Ich hab ihn nicht getötet."

„Aber Sie wollten es tun. Und kriminell sind Sie auch schon, Sie Bigamistin. Sicher, zwischen Bigamie und Mord besteht ein gewisser Unterschied. Aber Sie geben selbst zu, daß Sie ihn umbringen wollten. Offensichtlich haben Sie von Erpressungen noch nicht genug. Sonst würden Sie nicht daran denken, Demessys Nachfolger zu bezahlen."

Ihre Augen sprachen Bände.

„Ach so", fuhr ich fort. „Er wollte mit Ihnen schlafen! Sein Eherecht einklagen, sozusagen. Zehn Jahre nach der Trauung..."

Sie senkte den Kopf.

„Ja", gab sie zu. „In dieser dreckigen Absteige. Wohl um mich zu demütigen... Sehr raffiniert!"

„Nein! Um sich an seinem Scheißleben zu rächen. War 'n armer Kerl. Unzufrieden und unbefriedigt. Davon gibt's Millionen. Zum Glück sind nicht alle so... raffiniert. Und zum Glück nimmt das nicht immer so ein tragisches Ende. Sagen Sie: Wenn er sich einen weniger beschissenen Ort ausgesucht hätte, wären Sie...?"

„Weiß ich nicht. Ich glaub's nicht. Ich fand ihn widerlich."

„Sie wären nicht die erste Frau gewesen, die einen Liebhaber hat. Aber Sie wären die erste gewesen – obwohl ich mir da nicht sicher bin! –, die ihren Liebhaber gleichzeitig als Ehemann hätte vorstellen können, ohne zu lügen.“

„Mir ist nicht zum Lachen“, sagte sie.

„Mir auch nicht. Hoffentlich ist Ihnen auch nicht zum Lügen zumute, Wanda. Sie müssen mir alles erzählen.“

„Muß das sein?“ fragte sie müde.

„Ja. Nur so können Sie mich von Ihrer Unschuld überzeugen.“

„Na gut. Also, ich hab ihn bei dieser Hellseherin getroffen, Madame Joséphine.“

„So um den 15. Oktober?“

„Ja. Hab mich gefragt, was er da wollte …“

„Und Sie? Was wollten Sie bei Joséphine?“

„Das war die größte Dummheit meines Lebens“, seufzte sie. „Mein Mann hatte von ihr gesprochen …“

„Ach ja, Ihr Mann“, unterbrach ich sie lächelnd. „Entschuldigen Sie, wenn ich Ihnen eine banale Frage stelle, wie in schlechten Komödien: Kann er eventuell überraschend zurückkommen? Mir fällt nämlich keine passende Erklärung für meine Anwesenheit ein …“

„Er wird erst sehr spät nach Hause kommen.“

„Gut. Weiter.“

„Ich ging also zu dieser Madame Joséphine. Hätte ich mir doch vorher ein Bein gebrochen! Demessy hat mich wohl im Wartezimmer gesehen. Mir war er nicht aufgefallen. Er hat's mir später erzählt. Ich war blond, damals, als wir ‚geheiratet‘ haben. Trotzdem hat er mich wiedererkannt.“

„Wahrscheinlich hat er nie aufgehört, an Sie zu denken. Ihr Bild ist ihm nicht aus dem Kopf gegangen. Bei der Heirat hat er sich damit begnügt, das Geld zu kassieren. So konnte er noch mal von vorne beginnen. Aber nach 'ner Weile hat er sich an gewisse … äh … Rechte erinnert und bedauert, sie aufgegeben zu haben. Hat immer an das Paradies gedacht, das ihm entgangen war. Hat er Sie bei Joséphine angesprochen?“

„Nein. Er tauchte ein paar Tage später hier auf. Wie er an meine Adresse gekommen ist, weiß ich nicht. Vielleicht hat er das Kennzeichen meines Wagens gesehen. Jedenfalls tauchte er hier auf und drohte mir, alles zu verraten… meinem Mann und den Behörden. Ich hatte Angst. Ich wollte meinen Mann nicht verlieren und bot Demessy Geld an. Das kam ihm wohl sehr gelegen, denn er brauchte grade welches. Dringend, wie er sagte. Er sei drauf und dran, einen Mord zu begehen; aber wenn er hin und wieder eine bestimmte Summe bekommen könne, werde es auch ohne Mord gehen."

Ich nickte.

„Ja", sagte ich. „Er sprach von einem Mord an jemandem, der noch gar nicht geboren war… bis heute noch nicht: das Kind, das seine Frau erwartet. Mit mehr als zwanzigtausend Francs hätte er's großziehen können."

„Schrecklich", flüsterte Wanda.

„So ist das Leben. Ein schrecklicher Witz. Also, Sie haben ihm Geld gegeben, und er ist von Zeit zu Zeit hierhergekommen?"

„Ja. Sein Verhalten wurde immer seltsamer. Er sah mich immer herausfordernder an. Und eines Tages war's dann soweit: Er erklärte mir ganz offen, daß er Lust auf mich habe. Schließlich seien wir Mann und Frau. Beim ersten Mal konnte ich mich noch rausreden, aber dann… Er gab mir einen Schlüssel, einen ganz neuen. Er nannte mir Tag, Uhrzeit, Straße, Hausnummer, Zimmernummer. Ich werde seine Worte nie vergessen: ‚Ich will, daß du in einer Umgebung mit mir schläfst, die dir fremd ist. Das wird ein ganz besonderes Erlebnis für dich. Gefühle, die du nicht kennst. Mach dich so hübsch fertig, wie's nur irgendwie geht, zieh deine schönsten Klamotten an. Ich mach's genauso. Hab mich von deinem Geld ganz neu eingekleidet, dir zur Ehren. Und auch, weil ich beschlossen habe, mir ein paar schöne Tage zu gönnen. Wir werden die Liebe erleben, wie du sie noch nie erlebt hast! In einem beschissenen Zimmer, auf einer beschissenen Matratze – das kannst du ruhig wörtlich nehmen! –, in einem Gestank nach Abfall und Scheiße. Mitten im hoffnungslosen Elend! Hier ist der Schlüssel. Wenn ich noch nicht da bin, wartest du im Zimmer auf mich. Und keine Zicken, ja? Sonst pack ich aus. Zeig dich wegen Bigamie an, und du fliegst raus aus dem Palast des Monsieur Laurédant. Glaub mir, *chérie*, hin und wieder 'ne beschissene Matratze ist besser als immer 'ne beschissene Matratze!' Bei Gott, Monsieur Burma! Ich habe noch in keinen Augen solch einen Haß gesehen."

Die Stimme versagte ihr. Sie hatte ihre Beichte in einem Zug abgelegt, mit wachsender Erregung. Vielleicht erschreckte sie die Erinnerung, vielleicht aber wollte sie damit die Entscheidung rechtfertigen, die sie nach dieser neuen Variante der Erpressung getroffen hatte. Jedenfalls hatte sich die Erregung jetzt in Schmerz und Schauder verwandelt.

„Mein Gott, wie kann man so böse sein, so gemein?"

„Niemand ist böse", sagte ich. „Nur unbarmherzig. Und das wegen 'ner Reihe von Dingen. Zum Beispiel, wenn jemand durch die Umstände dazu gezwungen wird... Und wie ging's weiter?"

„Wie's weiterging? Ich konnte einfach nicht mehr. Vielleicht wollte ich auch kein Geld mehr zahlen. Ich weiß es nicht. Jedenfalls hatte ich das Gefühl, ihn nie mehr loszuwerden. Es sei denn... ein für allemal. Ich ließ mich auf das erpreßte Rendezvous ein. Und ich bin auch hingefahren, in einem alten Regenmantel, mit einem Revolver..."

„... am Steuer Ihres Wagens, den Sie am Ende der Rue Payen geparkt haben", ergänzte ich.

„Ja. Ich ging rauf in das angegebene Zimmer und machte Licht. Demessy lag auf dem Bett. Tot. Ich glaube, ich habe laut gelacht. Ich war gekommen, um ihn zu töten, aber er war schon tot. Gott sei Dank! Ich glaube jetzt, es war besser so. Wahrscheinlich hätte ich doch nicht den Mut aufgebracht, ihn über den Haufen zu schießen. Ich knipste das Licht aus, um seinen Anblick nicht länger ertragen zu müssen. Sie sehen, ich konnte es gar nicht richtig genießen. Mich verließen die Kräfte. Ich wurde ohnmächtig. Ich wollte ihn töten, und jetzt, da er tot vor mir lag, wurde ich ohnmächtig! Nein, ich glaube, ich hätte nicht auf ihn schießen können. Wie lange ich bewußtslos war, weiß ich nicht. Als ich wieder zu mir kam, trat gerade jemand in das furchtbare Zimmer. Ich habe unbewußt gehandelt, aus reinem Selbsterhaltungstrieb. Man durfte mich nicht in diesem Zimmer finden. Also nahm ich meinen Revolver und schlug zu."

„Ziemlich kräftig", sagte ich lächelnd. „Und deswegen nehm ich mir das Recht, Sie ein wenig zu schikanieren. Man durfte Sie nicht in dem Zimmer finden, sagen Sie. Das versteh ich wohl, aber... Aber wenn sie Demessy abgeknallt hätten, hätte es... äh... geknallt. Leute wären angerannt gekommen. Sie hätten nicht entwischen können."

„Ich hatte einen Plan. Etwas gewagt, aber ich wär das Risiko eingegangen. Ich hätte ausgesagt, ich sei spazierengegangen, Araber hätten mich in dieses Haus gezerrt, und ich hätte mich gewehrt."

„Das hätte sogar hingehaun. Den Nordafrikanern hängt man gerne alles Mögliche an. Na schön, das nur am Rande. Dann sind Sie nach Hause gefahren usw. usw. Und Ihr Mann – ich meine den, der übriggeblieben ist – hat nichts gemerkt?"

„Nicht daß ich wüßte."

„Wie schön für Sie! Für mich weniger. Jetzt weiß ich immer noch nicht, wer Demessy getötet hat. Das große Geheimnis."

Ein um so größeres Geheimnis, da ja noch der Mord an Joséphine hinzukam, mit derselben Handschrift. Aber davon sagte ich Wanda Laurédant, verwitwete Demessy, nichts. Die junge Frau sah mich kopfschüttelnd an.

„Jetzt verdächtigen Sie mich wieder, nicht wahr? Ich hatte ein Motiv, hatte die Absicht. Aber ich versichere Ihnen noch mal, Monsieur Burma: Ich habe ihn nicht getötet!"

„Das wollen wir mal sehen... Nach dem, was ich weiß und was Sie mir erzählt haben, kann man sich folgendes Bild machen: Demessy wurde von dem Gedanken an seine bevorstehende Vaterschaft gequält. Schon vorher hatte es hinten und vorne nicht gereicht. Durch das Kind wär's nicht rosiger geworden. Unglücklicherweise hat er Sie getroffen. Der Gedanke an Frauen war auch einer, der ihn gequält hat. Vielleicht hat er's nie überwunden, daß er geheiratet hatte, ohne mehr als Geld dafür zu bekommen. Er wurde nicht *im Brautgemach getäuscht*, sondern gar nicht erst reingelassen. *Auf der Treppe des Standesamtes verlassen.* Das denke ich mir so mit meinem dynamischen Privatflic-Gehirn. Vielleicht täusche ich mich auch, glaub ich aber nicht. Einmal hat er nämlich zu seinen Kollegen gesagt: ‚Ich hab Besseres, mach aber keinen Gebrauch davon.' Vielleicht haben die sich auch verhört, und er hat in Wirklichkeit gesagt: ‚Ich hab Besseres, aber davon hab ich noch keinen Gebrauch gemacht.' Mit einem komischen Unterton soll er das gesagt haben. Mit Bedauern, mit unsäglichem Bedauern! Es hat ihm das Leben versauert, wenn auch nur unbewußt. Ich will sein Verhalten nicht entschuldigen, nur erklären. Er liebte seine Frau nicht mehr. Ich meine damit nicht Sie, Wanda, sondern... Hortense. Möglicherweise hat er sie auch nie geliebt. Hat sich bei anderen beklagt, sie sei kein Pin-up-Girl. Das muß aber nicht heißen, daß er sie betrogen hat. Er hat sich auf andere Weise schadlos gehalten. Einem jungen Mädchen, einem hübschen jungen Mädchen, hat er ein Foto geklaut. Ein kleiner Bilderstürmer, wenn ich so sagen darf. Und da ist noch die Sache mit dem Parfümetui..."

Ich erzählte ihr die Geschichte.

„Aber es gehört mir!" rief Wanda. „Wie kommt es..."

„Er hat's Ihnen geklaut und dem jungen Mädchen geschenkt. Ein komplizierter Mensch, unser Demessy. Beim nächsten Mal bring ich Ihnen das gute Stück mit."

„Ach, soll sie's behalten", sagte sie mit großzügiger Geste.

„Also", fuhr ich fort. „Demessy leidet unter Unzufriedenheit im allgemeinen und unter sexueller Unzufriedenheit im besonderen. Und genau hier kreuzen Sie seinen Weg. Ihr Anblick macht ihm so richtig bewußt, wie beschissen seine eigenen Lebensumstände sind, finanziell und sexuell. Das macht ihn völlig verrückt. Er erpreßt Sie. Na ja, das war wenigstens für einen guten Zweck. Keine Abtreibung, sondern Brutpflege mit Ihrem Geld. Aber je öfter er Sie sieht, desto mehr steigt das Fieber. Er entschließt sich, Sie in die Ehepflicht zu nehmen. Und zwar unter den geschilderten Umständen. Er will sich an diesem beschissenen Leben rächen, an Ihnen, an sich selbst, an der schmutzigen Farbe der Fabrikmauer, an der schmutzigen Farbe des Hauses, in dem er wohnt. An allem und nichts will er sich rächen. Eine ziemlich lächerliche Revanche! Demessy war kein übler Bursche. Hab ihn damals aus vielen anderen Clochards ausgesucht, weil er mir sofort sympathisch war. Ich wußte, daß er mit der Hochzeitsprämie wieder auf die Beine kommen würde. Später dann hab ich ihn von weitem beobachtet. Er ist tatsächlich wieder hochgekommen, aber leider nicht hoch genug. Letzten Endes hab ich ihm einen schlechten Dienst erwiesen, als ich ihm riet, Sie zu heiraten, eine so schöne Frau. Von da an hat der Schmerz sein Herz vergiftet. Dagegen konnte er einfach nichts machen... Aber kommen wir wieder auf das Araberhotel zurück. Er kannte es wohl durch seine nordafrikanischen Arbeitskollegen. Er mietet sich dort ein. Anscheinend ist es noch das beste Zimmer. Und für sich alleine! Das gilt dort als ausgesprochener Luxus. Aber er wohnt nicht ständig dort. Wahrscheinlich kommt er nur, um sich vorzustellen, wie Sie sich dort machen werden. Wartet auf den Tag, an dem er Sie zwingen wird, ihn dort zu treffen. Ansonsten wohnt er wohl in einem weniger schäbigen Hotel. Von Ihrem Geld kleidet er sich ein, sehr schick, sehr teuer. Er schmeißt die Arbeit und verbringt seine Tage mit Spaziergängen und Kinobesuchen, zum Beispiel. Die Filmschauspielerinnen geben ihm den Rest. Das ist in etwa das Bild, das wir uns von Ihrem Ex-Mann machen können. Nicht grade wunderschön, das Bild, aber es gibt schlimmere. Paßt alles gut zusammen. Ich bin mit mir zufrieden. Nur eins macht mir Sorgen: Er war wahrscheinlich in krumme Geschäfte verwickelt – das einzige, was den Mord rechtfertigen kann. Aber wie ich das noch unter denselben Hut bringen soll, weiß ich beim besten Willen nicht. Vielleicht ein Banküberfall wie der an der Ecke Vaugirard-Convention oder was Ähnliches."

Wanda Laurédant, ehemals Demessy, ließ ein heiseres Lachen hören.

„Schlußfolgerung?"

„Fehlanzeige."

Sie stampfte mit dem Fuß auf den teuren Teppich. Durch die heftige Bewegung schob sich der Rock wieder hoch, über die Knie. Sie ließ ihn dort, damit ich mir die Augen verrenken konnte und Lust à la Demessy bekam.

„Bitte!" sagte sie. „Seien Sie offen zu mir. Sie haben mich immer noch in Verdacht."

„Seien Sie nicht dumm."

Sie wurde wütend.

„Ich bin nicht dumm", rief sie. „Eben nicht! Sie haben bereits auf meine Bigamie angespielt. Peinlich, nicht wahr? Demessy, dieser sympathische Monsieur Demessy, bei dem man alles erklären und entschuldigen kann! Er ist vor Bigamie zurückgeschreckt, ja, aber ansonsten hat er's nicht so genau genommen mit dem Gesetz... Warum fragen Sie mich nicht nach den wirklichen Gründen, aus denen ich mir vor mehr als zehn Jahren die französische Staatsbürgerschaft erschleichen wollte?"

„Genau! Die wirklichen Gründe einer unwirklichen Heirat."

„Vielleicht wollte ich mich vor einer möglichen Ausweisung schützen? Vielleicht hatte ich in meinem Land ein Verbrechen begangen?"

„Seien Sie nicht dumm", wiederholte ich.

Sie ging mir so langsam auf die Nerven mit ihrem blöden Gequatsche. Und dann dieser verdammte Rocksaum, der sich immer weiter hochschob...

„Ich wollte in Frankreich bleiben", fuhr sie fort, „das ist alles. Und zwar ohne die unangenehmen Überraschungen, die Ausländer so erleben. Ich hatte etwas Geld gespart, um einen Mann zu bezahlen, der den Bräutigam spielte... Eine gute Kapitalanlage, fand ich. Auch wenn ich danach arbeiten mußte. Na ja, vor zwei Jahren dann begegnete ich Gabriel

Laurédant. Wir heirateten. Ich habe ihm nicht gesagt, daß ich schon verheiratet war. Wollte mir durch diese Scheinheirat nicht alles versauen. Also hab ich geschwiegen. Und bis vor kurzem ist ja auch alles gutgegangen. Das wär's. Zufrieden?"

„Hören Sie mal", sagte ich etwas ärgerlich. „Ich hab Sie noch gar nichts gefragt, und Sie blasen mir die Ohren voll mit Ihrem Quatsch. Aber wenn Sie schon mal dabei sind... Revolver."

„Revolver?"

„Ja, Revolver..." Ich nahm die Finger zu Hilfe. „Erstens: Wirkliche Gründe für die Erschleichung der französischen Staatsangehörigkeit. Zweitens: Bigamie. Drittens: Waffenbesitz. Ist es an der Place de Breteuil so üblich, einen Revolver in der Tasche zu haben? Genügen Ihnen die Kanonen der Invaliden nicht?"

„Der Revolver gehört meinem Mann."

„Kommt auf dasselbe raus. Lebt Monsieur Laurédant so gefährlich, daß er eine Waffe braucht?"

„Weiß ich nicht. Jedenfalls besitzt er welche."

„Was macht er?"

„Was geht Sie das an? Mein Mann hat nichts mit dem Mord zu tun. Und ich eigentlich auch nicht. Ich sag's Ihnen zum hundertsten Mal."

„Ist Ihr Mann nicht zufällig Reeder? Hab ihn neulich auf einem Frachter gesehen."

„Sieh mal einer an! Was kann ich Ihnen eigentlich noch Neues bieten? Wo Sie so gut informiert sind..."

„Hören Sie, Wanda. Setzen Sie sich nicht wieder aufs hohe Roß. Was meinen Sie, wie ich bis zu Ihnen vorgedrungen bin, hm? Mußte schon 'n bißchen rumsuchen und rumschnüffeln, nach links und rechts gucken. Und da sieht man eben so einiges, rein zufällig."

„Ja, ja, verstehe", sagte sie, wieder etwas zahmer. „Nein, Reeder ist er nicht. Import-Export. Und dafür hat er 'ne kleine Flotte. Ich weiß nicht, ob man das so nennt..."

„Ich auch nicht. Macht aber nichts."

Eine ihrer Antworten hatte mich auf etwas gebracht. Und auch eine meiner eigenen Antworten schien mir im nachhinein ziemlich bedeutungsschwanger. Sollte ich auf meine alten Tage doch noch Vater werden? Und gleichzeitig Psychoanalytiker oder Wahrsager, mit Spitzbart, Turban und tiefem Dekolleté?

„Zeigen Sie mir doch mal den Revolver, Wanda", forderte ich sie auf.

„Warum?"

„Um zu sehen, ob er auf meinen Hinterkopf paßt."

„Hinterkopf? Was haben Sie denn drin, in Ihrem Hinterkopf? Hintergedanken etwa?"

„Kann schon sein. Und wenn Sie mir die Kanone nicht zeigen, rutschen die Hintergedanken nach vorne."

„Hören Sie", seufzte sie, „bin ich in den letzten Tagen nicht genug geprüft worden? In den letzten Wochen? In den letzten zwei Monaten? Haben Sie doch etwas Mitleid mit mir! Ich bin mit den Nerven am Ende..."

Sie stand auf.

„Gut", sagte sie. „Ich hole den Revolver. Aber dann gehen Sie, bitte! Gehen Sie!"

Sie verließ das Zimmer und kam mit einem großen Kaliber in ihrer kleinen Hand zurück. Ich nahm das Ding, eine Art tragbare Kanone. Das Modell sah ich zum ersten Mal, offensichtlich ein ausländisches Fabrikat.

„Damit", sagte ich und wog die Waffe in der Hand, „kann man mühelos den härtesten Schädel zertrümmern. Und genauso sah Demessys Dickschädel auch aus. Der Griff könnte hinterher gereinigt worden sein. Oder aber es ist gar nicht der richtige Revolver..."

Die Antwort, die mir zu denken gegeben hatte, war: ‚Weiß ich nicht (ob Laurédant gefährlich lebt), jedenfalls besitzt er welche.'

„Kann ich die anderen mal sehen? Wie viele hat er denn?"

„Drei", sagte sie überrascht. „Von mir aus können Sie alle untersuchen. Ich hab keinen gebraucht."

„Gut, dann untersuche ich sie eben nicht. Da Monsieur Laurédant drei Revolver, aber nur zwei Hände hat, ich aber gar keinen, obwohl ich von Berufs wegen einen haben darf, nehm ich diesen hier mit. Man kann gar nicht vorsichtig genug sein."

Ich steckte das Mordsding ein, was meinen Mantel häßlich ausbeulte.

„Sie können doch nicht...", protestierte die junge Frau.

„Betrachten Sie's als Schweigegeld."

„Gehen Sie jetzt", flüsterte sie resigniert.

Sie klingelte nicht nach dem Dienstmädchen, sondern brachte mich selbst zur Tür. Plötzlich leuchteten ihre Augen auf, als hätte sie gerade was ganz Neues entdeckt.

„Ich möchte wissen", sagte sie, „warum ich Ihnen meine Unschuld beteuert habe. Den besten Beweis dafür haben die Zeitungen geliefert. Kein Wort über Demessy. Man hat die Leiche nicht gefunden. Das heißt doch, daß die Mörder sie haben verschwinden lassen. Angenommen, ich habe Demessy umgebracht: Glauben Sie, ich wäre in die Rue Payen zurückgekehrt, um die Leiche verschwinden zu lassen? Oder glauben Sie, das haben andere für mich erledigt?"

„Stimmt", stimmte ich zu.

Man hätte noch etwas rumnörgeln können, Einwände machen, Haarspaltereien betreiben. Aber ich zog es vor zuzustimmen. Ihr Bericht klang glaubwürdig, ihr Protest echt. Sie stieß ein kurzes Lachen aus.

„Bin ich blöd! Daß mir der Gedanke erst jetzt gekommen ist..."

Sie war nicht die einzige, die nicht sofort mitkriegte, wie der Hase lief. Das passiert noch ganz anderen Leuten!

„Also dann..."

Sie streckte die Hand aus.

„Geben Sie mir den Revolver wieder", befahl sie. „Ich brauch Ihr Schweigen nicht."

„Von wegen", entgegnete ich. „Schuldig oder nicht, was ich Laurédant erzählen könnte, würde ihm gar nicht gefallen!

Er kann sehr ungemütlich werden, Ihr Gabriel, stimmt's? Besser, man fordert seinen Zorn nicht heraus, hm?"

Sie riß ihre schönen blauen Augen weit auf:

„Oh! Sie kennen ihn! Das haben Sie mir nicht gesagt."

Ich lächelte und schwieg. Hellseher, wie ich schon sagte. Oder sagen wir: Fakir, um Verwechslungen zu vermeiden.

Ich fuhr im Fahrstuhl nach unten. Die unterschiedlichsten Gedanken jagten sich in meinem Kopf. Er lastete so schwer auf meinen Schultern wie der konfiszierte Revolver in der Manteltasche. Vielleicht sollte ich meinen Hinterkopf noch einmal mit dem Ding streicheln!

13

Als ich wieder in meinem Wagen saß, war es sechs Uhr. Fast gleichzeitig mit Hélène traf ich in der Agentur Fiat Lux ein. Meine Sekretärin kam gerade von ihrem Rundgang zurück. Hatte alle möglichen Juweliere und Edelsteinschleifer abgeklappert auf der Suche nach dem Hersteller des Luxus-Parfüm-Etuis. Für diesen Spaziergang hatte sie Treter mit flachen Absätzen angezogen, die sie jetzt wieder gegen kleidsamere Schühchen tauschte.

„Nichts", sagte sie niedergeschlagen. „Werd wohl morgen weitermachen müssen."

„Nein", gab ich zurück. „Ich habe die Besitzerin ausfindig gemacht. Gestorben."

„Die Besitzerin?"

„Nein, die Aktion. Geben Sie mir das Etui. Ich muß es der glücklichen Besitzerin zurückgeben. Der rechtmäßigen."

„Gibt's denn mehrere?"

„Zwei."

Sie reichte mir das goldene Etui.

„Vielleicht können Sie's mir mal bei Gelegenheit erklären?" schlug sie vor. „Falls das anbetungswürdige Geschöpf, mit dem Sie gestern zu speisen das sichtliche Vergnügen hatten, Ihre Gedanken nicht zu sehr beschäftigt..."

„Sofort, *chérie*."

Aber zuerst nahm ich noch einen stärkenden Schluck Gin. Denn ich wollte ihr nicht nur die nackten Tatsachen präsentieren, sondern auch so was wie 'ne Theorie, die gerade Gestalt annahm.

„So was nun!" rief Hélène, als ich den ersten Teil beendet hatte. Und dann, mit anderer Betonung sagte sie:

„So! Was nun?"

„Nun? Ich weiß nicht, ob mich das zu dem oder den Mördern von Demessy und Joséphine führen wird. Jedenfalls hab ich 'ne Menge interessanter Dinge erfahren. Und mich dünkt – jawohl, es dünkt mich! –, daß auf uns noch viel Reizendes zukommt. Sehen Sie sich mal den Revolver an, Hélène..."

Ich hielt ihr das Monstrum unter die feine Nase.

„Ganz neu. Noch nicht benutzt. Direkt aus der Fabrik... aus Rotterdam. Gabriel Laurédant ist im Import-Export tätig. Gestern hat er einem holländischen oder dänischen oder sonstigen Frachter – inzwischen tippe ich auf holländisch – einen Besuch abgestattet, am Port de Javel. Die Mannschaft besteht aus einem schweigsamen Seemann und einem kläffenden Köter. Das Schiff gehört ihm vielleicht. Vielleicht auch nicht. Egal. Eins steht jedenfalls fest: Das Schiff kommt aus Holland, und die Kanone auch. Ich wittere dunkle Geschäfte."

„Schmuggel?"

„Ja, meine Süße. Was anderes noch: Wanda ist nur deshalb zu Joséphine gegangen, weil ihr Mann von der Hellseherin gesprochen hat. Nehmen wir einmal an, er hatte mit ihr... äh... zu tun. Surrealist ist er bestimmt nicht. Sein Interesse dürfte nicht poetischer Natur sein. So sieht er mir nicht aus."

„Wie sieht er denn aus? Mehr wie 'n Gangster?"

„Schwer zu sagen. Sie wissen doch, wie das ist: In den Zeitungen sehen die Gangster immer so aus, wie wir uns Gangster vorstellen. Obwohl das oft gar keine schlechten Kerle sind, im herkömmlichen Sinn. Aber wenn die Leute hören: ‚Das ist so und so einer', dann schreien sie sofort: ‚Genauso sieht der aus!' Bei Laurédant geht's mir genauso. Jetzt kommt er mir ziemlich unheimlich vor."

„Das ist subjektiv", bemerkte Hélène.

„Also, bleiben wir objektiv. Laurédant stand in geschäftlicher Beziehung zu Joséphine. Joséphine war ihrerseits geheimer Briefkasten für nordafrikanische Untergrundorganisationen, algerische Rebellen. Jetzt ein Schuß Phantasie: Die

Organisationen brauchen Waffen. Laurédant scheint den Artikel zu führen..."

„Scheint so, als hätten Sie 'ne heiße Spur", warf Hélène ein.

„Besser spät als nie. Ich neige zu der Auffassung, daß Demessy trotz oder wegen seiner erotischen Wunschträume lebendiger war als ich... als er noch lebendig war. Kein Wunder, er wohnte ja mittendrin! Seine Neugier hat er dann mit dem Leben bezahlt. Oder er hat mitgemischt und blieb bei Abrechnungsschwierigkeiten auf der Strecke. Soll ja vorkommen in den Kreisen. Würde mich aber wundern. Ich glaube, er hat Dinge gehört und gesehen, die nicht für ihn bestimmt waren. Darum haben sie ihm das Maul gestopft. Mit anderen Worten: bis jetzt hat mir das Ganze nichts als Hinterkopfarbeit eingebracht. Und wenn ich mich nicht täusche, wird das so bleiben. Auch für Demessys Witwe – die richtige, also die falsche, also für Hortense – wird nichts dabei rausspringen, wenn nichts Unvorhergesehenes passiert."

„Warum sind Sie so sicher?"

„Wegen dem Unvorhergesehenen. Fassen wir zusammen: unsere Mohammedaner wollen sich Waffen beschaffen. Laurédant hat welche, nehm ich mal an. Joséphine ist ermordet worden, weil Geld bei ihr zu holen war. Sehen Sie die Kette, die ich gerade zusammenbastle?"

„Nein, aber Sie werden's mir sicher erklären."

„Joséphine, der Briefkasten, hat vielleicht auch als Kassiererin fungiert. Als Mittelsfrau zwischen Käufer (F.L.N.) und Verkäufer (Laurédant). Daher das viele Geld bei ihr. Und nun... Warten Sie. Ich muß Faroux schnell mal was fragen... falls er noch bei der Kripo arbeitet."

Ich schnappte mir das Telefon und rief Florimond Faroux in der Tour Pointue an.

„Hallo, Faroux. Hier Nestor Burma. Sagen Sie, funktioniert Ihre Mausefalle, die Inspektor Benhamidh bei Joséphine aufgestellt hat?"

„Hervorragend", lachte mein Freund. „Totaler Reinfall."

„Kein Schwanz gekommen?"

„Kein Schw... Sehr witzig!"
„Finde ich auch. Also, niemand wollte Joséphine besuchen?"
„Niemand."
„Kein Wunder. So'n Mord spricht sich schnell rum. Einer hört die Flöhe husten, und die springen dann von einem zum andern. Schneeballsystem nennt man so was. Oder Arabisches Telefon."
„Glaub ich nicht. Nur wenige wissen Bescheid. Wahrscheinlich gehört das mit dem Briefkasten zu denselben Ablenkungsmanövern wie Ihre Visitenkarte. Benhamidh ist allerdings anderer Meinung. Na ja, mir soll's egal sein. Diese Spur führt sowieso in seinen Bereich..."
„A propos Visitenkarte. Ich hoffe, Sie haben Ihre Ansicht über meine Rolle in dem Spielchen nicht geändert, hm? Eigentlich hab ich nur deshalb angerufen..."
„Besorgt?"
„Man kann nie wissen."
„Also wirklich", sagte der Kommissar, wahrscheinlich achselzuckend, „manchmal sind Sie 'n ziemlicher Blödmann."
„Manchmal. Aber nicht immer."
Ich legte auf.
„Haben Sie gehört?" fragte ich meine Sekretärin. „Die Mausefalle hat nicht funktioniert. Das bringt mich auf eine Idee. Besser gesagt, das bestätigt mir eine, die ich schon gehabt habe."
„Welche?"
„Ein Mitglied der F.L.N. wußte über die zwischengelagerte Summe bei Joséphine Bescheid, ein Bekannter der Hellseherin... Erinnern Sie sich? Sie war halbnackt. Das dürfen wir nie vergessen..."
„Oh, da vertraue ich Ihnen voll und ganz", bemerkte Hélène lächelnd. „Keine Gefahr, daß Sie das vergessen könnten!"
„Halten Sie mich ruhig für nekrophil."
„Warum nicht? Also, was ist mit Joséphines Bekannten?"

„Er schlägt sie zusammen und haut mit dem Geld ab. Warum er den Flics das große Vergnügen der Briefkastenspur bereitet hat, weiß ich nicht. Ich nehme aber an, daß er dadurch seine Mitstreiter warnen wollte. Deswegen ist keiner in die Rue du Docteur-Finlay gekommen. Sich das Geld unter den Nagel reißen, ja. Aber seine Genossen ans Messer liefern und damit die Sache verraten, nein!"

„Die Sache hat er aber trotzdem verraten. Schließlich war das Geld für Waffenkäufe gedacht."

„Ja, stimmt. Einspruch angenommen, wie man woanders sagt. Damit verschiebt sich der Blickwinkel etwas. Und die Geschichte mit meiner Visitenkarte paßt auch noch nicht ins Puzzle... Scheiße! Gehen wir essen."

Im Restaurant wärmte ich meine Theorie nochmal auf. Sollte doch die Mayonnaise ruhig sauer werden!

„Das mit der Visitenkarte ist lustig, im gewissen Sinne. Ich kenne Josephine: sie wird getötet. Ich kenne Demessy: er wird getötet. Beide auf ähnliche Weise. Die Hellseherin hält in ihrer leichenstarren Hand meine Karte. Nicht die, die ich ihr gegeben habe, sondern eine andere, mit Berufsbezeichnung. Jemand muß sie auf der Fußmatte vor der Tür gefunden haben. Célina, die Hausangestellte? Glaub ich nicht. Eher jemand anders... Joséphines Mörder, zum Beispiel. Und der schiebt sie der Toten in die noch nicht kalte Hand. Mit einer ganz bestimmten Absicht, die ich nicht kenne. Noch nicht. Faroux hält das für einen Witz. Aber... mir scheint, der Mörder gehört nicht zur Zunft der Witzbolde, Pappnasen und Scherzartikel aller Art."

„Sie sollten etwas Mitleid mit mir haben, Chef", beklagte sich Hélène. „Erst lassen Sie mich den ganzen Tag rumlaufen, um rauszukriegen, was Sie schon wissen. Kann mich kaum noch auf den Beinen halten. Und jetzt stopfen Sie mir auch noch das Hirn voll."

„Schon gut... Und so was nennt sich ‚Mitarbeiterin'. Ja, ja! Bin ja schon still. Überhaupt ist jetzt die Zeit zum Handeln gekommen. Hab so'n unbestimmtes Gefühl. Im Büro hängen noch ein paar alte Klamotten. Die zieh ich gleich über. Und dann zieh ich als Clochard durch Paris."

„*In memoriam* Paul Demessy?"

„Auch. Aber in erster Linie, um bei den Nachtschwärmern an der Seine nicht aufzufallen. An der Seine und in Ahmeds Totenhaus."

„Sie sind verrückt! In dem Araberhotel?"

„Ja und? Sie werden mich schon nicht gleich fressen... ohne was zu trinken. So gemein sind die auch wieder nicht. Und von Besoffenen kann man 'ne Menge erfahren..."

„Aber... lassen die denn Europäer rein?"

„Demessy haben sie reingelassen."

„Eben! 'ne seltsame Gastfreundschaft. Nicht grade ermutigend."

„Machen Sie sich mal keine Sorgen um mich. Schadet nur Ihrem Kopf, Ihren Füßen und... überhaupt."

14

Ich weiß nicht, ob diese Rue Payen abschüssig oder ansteigend ist, ob birnen- oder apfelförmig, wie es in *Phi-Phi* heißt. Aber inzwischen kannte ich sie in- und auswendig. Wieder einmal parkte ich dort meinen Wagen. Es war elf Uhr abends. Ich sah aus wie einer auf Marie-Christines Maskenball: verbeulter Hut schräg auf dem Kopf, abgerissener Wettermantel, verknautschter Anzug, Marke Ziehharmonika, Rollkragenpullover.

Verstohlen huschte ich in Richtung Seine, so als wollte ich die Straßen beschatten. Genauer gesagt, ich nahm Kurs auf den Frachter aus dem Norden. Es pfiff ein kalter Wind, vermischt mit 'ner Art Schneeregen. Die Cafés warfen ihr Licht auf Bürgersteige und Fahrbahnen. Durch die Scheiben sah man die schemenhaften Umrisse der Gäste. An der Ecke Quai de Javel-Rue Balard fiel, wie aus einem Kellerloch, das Licht des Restaurants der Drei Stufen – zu dem eine Treppe mit fünf Stufen hinunterführte, wenn ich mich nicht verzählt hatte. Abgesehen von dem Licht der Cafés lag der Platz vor dem Pont Mirabeau verlassen da. Hin und wieder hörte man das Geräusch von Reifen oder das Brummen eines Motors aus einer der Seitenstraßen. Aus der Rue de la Convention tauchte ein Wagen auf und fuhr über die Brücke. Nach ein paar Metern betätigte der Fahrer die Lichthupe. Weiß der Teufel warum!

Ich gelangte über den Abhang zwischen Eisenbahnlinie und Seine an das Ufer. Von der reichen Seite des 16. Arrondissements winkten die erleuchteten Fenster herüber. Das Licht flimmerte auf dem Wasser wie ein Schifferklavier in Seenot. Neben der Seine schlängelte sich ein lächerliches Rinnsal unter einem Brückenbogen hindurch. Die Statue des ersten Brückenpfeilers hielt ewige Wache. Drohend richtete sie ihre riesige Harpune aufs Wasser. Wartete sie darauf, daß irgendeine Leiche angeschwemmt wurde?

Die düstere Stille wurde nur von einem leichten Plätschern unterbrochen: Wellen schlugen gegen die Quaimauer und gegen den dickbauchigen Frachtkahn aus dem Norden. Das entfernte, wie unwirkliche Rumoren der großen Stadt endete hier, zwischen den Bergen von Alteisen, den leicht schaukelnden Schiffen, einem abgestellten Lastwagen und huschenden sowie starren Schatten.

Auf dem festgemachten Kahn ließ der Wind eine Fahne oder Wäsche auf der Leine flattern. Ich ging näher ran. Der Köter gab Laut. Ob der nie heiser wurde? Sein Gekläffe beeindruckte aber niemanden. An Bord blieb alles dunkel. Der Frachter schlief, von den Wellen sanft geschaukelt.

Ich machte kehrt. Schließlich wollte ich den Kahn nicht im Sturm nehmen. War nur mal so vorbeigegangen, ohne was Bestimmtes zu suchen. Höchstens die fehlende Inspiration. Ich stieg wieder zum Pont Mirabeau hinauf, Pfeife im Mund, hinter mir die feindliche Dunkelheit und das Hundegebell, das immer leiser wurde.

Schlurfend (wie ein Clochard) bog ich in die Rue Payen ein. Mein Ziel war das Bistro-Hotel garni (mit Leiche) von Ahmed, dem exotischen Fettkloß. Durch die geschlossenen Fensterläden drang gelbes Licht sowie verhaltener Lärm. Verhalten. Sehr verhalten.

Faulte Demessy in seinem Zimmer Nr. 10 ruhig vor sich hin? Oder hatte man die Leiche inzwischen abtransportiert? Ein seltsames Haus. Ich sollte es mir mal näher ansehen.

Alles klar, Nestor? Du bist ein Clochard. Ein besoffener Clochard, falls nötig. Mach's gut, gib dein Bestes! In dieser Baracke kann man bestimmt 'ne Menge interessanter Dinge sehn. Vielleicht auch die Leiche, falls sie noch da ist.

Ich schlich durch den Nebeneingang in den schmalen, feuchten Hausflur. Der Gestank war genauso mächtig, gemischt und ekelerregend wie bei meinem ersten Besuch an diesem idyllischen Ort. Nur die Duftnote, die ich befürchtet hatte, war nicht dabei. Ich näherte mich dem Fürstenzimmer des Hauses und lauschte. 'ne alte Angewohnheit von mir. Nichts. Kein Ton. Ich zog den Schlüssel aus der Tasche, den nagelneuen Schlüssel, den Demessy extra für Wanda hatte anfertigen lassen. Vorsichtig öffnete ich die Tür.

Ein Gestank wie im Raubtierkäfig schlug mir entgegen. Meine Hand suchte den Lichtschalter und begegnete dort einer anderen Hand. Mit einem „Klick" wurde das Zimmer in helles Licht getaucht.

Man hatte keine Mühen und Kosten gescheut. Jedenfalls in Bezug auf Glühbirne und Vorhang. Die Birne ließ kein Eckchen im Dunkeln. Vor dem Fenster hing ein Stoffetzen aus dem Morgenland. Aber der Rest der Einrichtung ...! Anstelle des einen Bettes standen nun zwei Flohkisten da. In einer Ecke lag zusätzlich noch ein Strohsack. Mußte wohl für den Kerl bestimmt sein, der so freundlich gewesen war, das Licht anzuknipsen: ein junger Araber mit markanten Gesichtszügen und kohlschwarzen Augen, so durchdringend wie 'n Dosenöffner. Er trug eine Winterjacke, zugeknöpft bis unters Kinn, und eine blaue Hose.

Auf den Betten lagen zwei Männer derselben Herkunft. Einer von den beiden hatte sich halb aufgerichtet und sah mich an. Sein Blick war genauso stechend wie der des Jungen in der Winterjacke. Der dritte im Bunde schlief wie ein Murmeltier, ohne das geringste Geräusch von sich zu geben, weder aus der Kehle noch aus der Nase. Im ganzen gesehen waren die drei ein ruhiges Trio. Draußen jedenfalls hatte ich nicht den leisesten Mucks gehört.

„Guten Abend, Messieurs", grüßte ich freundlich.

„Oooh", stieß der Junge am Lichtschalter hervor. „Du auf, Kollege. Wir schlafen. Morgen arbeiten."

Er sprach so akzentfrei wie möglich. Komisch, aber ich hatte das Gefühl, daß er sich Mühe gab, Kauderwelsch zu reden. Der aus dem Bett – er jetzt auch auf – stellte sich zu uns.

Er war unter der Decke vollständig angezogen gewesen: Straßenanzug, graue Jacke, braune Hose. Lächelnd zog er mich am Arm ins Zimmer. Dann schloß er die Tür und stellte sich davor.

„Schlüssel", sagte er und streckte mir eine Hand entgegen. Er lächelte immer noch, allerdings wenig verführerisch.

„Kein Schlüssel, Kollege", gab ich zurück. „Kein Schlüssel bei mir."

Das stimmte sogar. Ich hatte ihn von außen steckenlassen. Er öffnete den Mund, um etwas zu entgegnen oder zu fluchen (letzteres wohl eher, wie ich in seinen Augen lesen konnte). In diesem Moment machte der dritte Araber, der friedliche Schläfer, einen Hechtsprung. Vielleicht hatte er einen Alptraum gehabt, oder eine dicke Wanze hatte ihn besonders gemein gebissen. Die Decke flog zur Seite, außerdem noch was weniger Friedliches. Dumpf fiel es auf den Holzfußboden. Eine hübsche, kleine Maschinenpistole.

Meine drei Beduinen fingen an, in ihrer Sprache rumzuschnauzen. Ich konnte nicht behaupten, besonders überrascht zu sein. In diesem Zimmer war wohl das Ungewöhnliche die Norm... Aber trotzdem war ich verdutzt genug, um eine unangebrachte Bewegung zu machen. Eine Bewegung, die man besser nicht macht. Bei einem Haushaltsgerät solchen Kalibers brauchte ich einfach eine Beruhigungsspritze. Ich fuhr mit der Hand in die Tasche, in der meine Kanone wartete. Das war mein Verderben. Die Kerle hier paßten gut auf. Kannten sich aus in schnellen Bewegungen und kapierten schnell, obwohl sie gar nicht so aussahen. Sie sprangen mich an wie Araberhengste in der freien Wildbahn. Und ich sage Ihnen: der Schlag, den ich verpaßt kriegte, war nicht von schlechten Eltern. Einer, wie er im Buche steht. In diesem Zimmer war so was wohl an der Tagesordnung. Aber Wanda war wenigstens hübsch und roch gut. Dagegen diese Kerle hier heute nacht... Nein, also wirklich...

* * *

Zuerst kamen die Geräusche von weither, gedämpft, wie durch Watte. Dann näherten sie sich, wurden deutlicher. Nach und nach gelang es mir, die Laute zu orten und zu identifizieren. Verstehen konnte ich jedoch nichts. Um mich herum wurde eine fremde Sprache gesprochen, rauh, kehlig, hier und da ein hoher, spitzer Ton. Ach so! Ich war Gefangener der Fellaghas oder so was Ähnliches.

Ich öffnete vorsichtig die Augen.

Drei Leute interessierten sich für mich. Allerdings nicht die von vorhin. Ihre ethnische Herkunft war aber dieselbe.

Ich lag auf Lehmboden. Nicht sehr bequem. Hatte zwar völlige Bewegungsfreiheit, aber im Moment keine große Lust, sie zu nutzen. Wir befanden uns wohl in einem ziemlich großen Kellerraum, der als Versammlungsort diente. Ich sah ein Eisenbett, einen alten Schrank, einen großen Tisch, eine Art Büfett und ein paar Stühle. Stellenweise war der Putz von den Wänden gebröckelt, so daß man die nackten Ziegel sah. In einer Ecke hatte man wohl mit Renovierungsarbeiten begonnen... oder aber eine Öffnung zugemauert. Vier oder fünf Glühbirnen leuchteten das Kellergewölbe aus.

Die drei Araber standen breitbeinig um mich herum. Durch zwei Beine sah ich den Jungen mit der Winterjacke, der mich in Demessys Ex-Zimmer so herzlich empfangen hatte. Lässig, die Maschinenpistole unter den Arm geklemmt, schob er eindrucksvoll Wache.

Ich bewegte mich jetzt doch. Wollte mich ganz gerne aufrichten. Na ja, zumindest hinsetzen. Einer meiner Bewacher half mir dabei. Ich lehnte mich gegen die dreckige Wand. Mein Helfer lächelte mir geheimnisvoll zu und... schob mir meine Pfeife in den Mund. Meine gute alte Pfeife! Der hilfsbereite Nordafrikaner war unter seinem abgetragenen Regenmantel sehr gut gekleidet. Sein schmales Gesicht war von Pockennarben übersät. Ich taufte ihn Zenana, weil seine Haut an Blasenkrepp erinnerte. Außerdem klingt das arabisch... Ich weiß, Zenana ist mehr indisch, aber im Zuge der afro-asiatischen Freundschaft...

Jetzt hatte ich also meine Pfeife zwischen den Zähnen. Wollte er mir etwa vorhalten, daß ich rauchte? Also, diese Algerier reden immer von Befreiung und Freiheit, und dabei sind sie Sklaven der blödesten Vorurteile!

„Rauchen Sie ruhig“, sagte Zenana zu meinem großen Erstaunen. „Rauchen Sie! Das wird Ihnen guttun.“

„Ich dachte, Sie sind dagegen“, erwiderte ich lachend.

Er hob die eckigen Schultern.

„Wir sind nicht fanatisch.“

Ach nein? Na, um so besser! Er riß ein Streichholz an und gab mir Feuer. Ich nahm ein paar Züge. Schmeckte scheußlich, in meinem Zustand. Aber wenn ich die Pfeife im Mund habe, gewinne ich meine Gelassenheit zurück.

Die drei standen noch ’ne Weile um mich herum, dann setzten sich zwei von ihnen an den Tisch. Der dritte blieb bei mir. Auf dem Tisch lagen ein Revolver und eine Brieftasche. Beides gehörte mir. Die Kerle schnüffelten in meinen Papieren. Dafür setzte sich einer, anscheinend der Chef, eine getönte Hornbrille auf die Nase über dem dichten schwarzen Schnurrbart. Jetzt war er komplett! Er wirkte wie König Saud.

Meine drei Araber sahen nicht aus wie die, die man im allgemeinen auf Baustellen sieht, wo sie die beschissensten Arbeiten verrichten müssen. Auch nicht wie die, die vor Caféterrassen ihren Ramsch anbieten, unter dem sie fast völlig verschwinden. Nein, die drei hier sahen eher aus wie Kahil Cherif, nur unter anderen Bedingungen. Sie waren schlecht rasiert und etwas schmuddelig, gehörten aber nicht zu der dreckigen Sorte. Ob das nun günstig für mich war, wußte ich nicht. Wenn ich mir’s richtig überlegte: nein!

Die Inventur meiner Brieftasche wurde von Kommentaren in ihrer Sprache begleitet. Dann wurde lang und breit diskutiert. Endlich haute der Brillenträger mit der Faust auf den Tisch und bellte einen Befehl. Mein Sonderbewacher ließ mich aufstehen und ging mit mir zum Tisch, seine nervösen Finger in meinen Oberarm gekrallt.

„Die Sache ist sehr heikel", sagte der Chef fehler- und fast akzentfrei. „Sehr heikel. Wir mögen keine Spione."

Er erwartete eine Antwort, irgendeinen Kommentar. Ich ließ ihn warten. Der Schraubstock-Griff um meinen Arm lokkerte sich, ich wurde auf einen Stuhl mit kaputtem Strohsitz gedrückt.

„Ihrer Kleidung nach zu urteilen", fuhr die arabische Brillenschlange fort, „sind Sie ein Clochard... Ihre Papiere sagen... Sie sind ein Flic. Bewaffnet..."

Er klopfte auf den Revolver und schob ihn dann noch weiter weg, für mich jetzt völlig außer Reichweite.

„Sie hatten den Zimmerschlüssel von oben. Sehr heikel. Woher haben Sie den Schlüssel, und was wollten Sie dort?"

„Zu einem Freund wollte ich", antwortete ich schnell. „Der wohnte in dem Zimmer und hat mir auch den Schlüssel gegeben. Demessy heißt er."

„Tja, genau", sagte mein Gegenüber. „Demessy war ein Spion. Und Sie sind sein Freund und außerdem Flic."

„Ich weiß nicht, ob Demessy ein Spion war. Sie haben ihn zwar so behandelt, aber das heißt noch lange nichts. Ich jedenfalls bin kein Flic."

Er wedelte mit meinen Papieren.

„Privatdetektiv", sagte er. „Ich kann lesen."

„Aber nicht verstehen. Ein Privatflic und ein richtiger..."

„... sind dasselbe", unterbrach er mich.

„Nein. Und eure politischen Aktivitäten sind mir scheißegal."

„Sie hatten einen Schlüssel", fing er wieder an. „Sie sind heimlich ins Haus geschlichen. Ihrer Kleidung nach..."

Und wieder erklärte er mir, die Sache sei sehr heikel.

„Sie sind gerade dabei", sagte ich, „eine Riesendummheit zu machen. Sie können sich doch wohl vorstellen, daß ich Maßnahmen getroffen habe, bevor ich in eure Räuberhöhle gekommen bin. Wenn ich in ein paar Stunden nicht zurück bin, zu Hause..."

Er wischte meine gutgemeinten Warnungen mit einer schroffen Handbewegung zur Seite.

„In ein paar Stunden wird keiner mehr hier sein. Das war unsere letzte Versammlung an diesem Ort. Pech für Sie, daß Sie uns überrascht haben…"

„Hören Sie", versuchte ich's auf 'ne ganz andere Tour, „hier geht's doch überhaupt nicht um die Wurst. Die wird in Schweinedarm verpackt, und das dürfen Sie doch gar nicht essen…"

Ich setzte zu einer Spezialrede nach Art des Hauses an, um Zeit zu gewinnen und über einen Ausweg aus dieser beschissenen Lage nachzudenken. Ich redete und redete, ohne mir selbst zuzuhören oder gar den Sinn meines eigenen Blödsinns zu verstehen. Außerdem war mir sowieso recht seltsam im Kopf. Von Zeit zu Zeit zog ich an meiner Pfeife. Der Tabak schmeckte immer noch komisch. Kam wahrscheinlich von den Kopfschmerzen. Aber verdammt nochmal! Ich kannte mich doch mit Kopfschmerzen aus… So eigenartig hatte mir meine Pfeife noch nie geschmeckt. Die machen mit dem Tabak wirklich, was sie wollen. Oder… Ich konnte mich nicht erinnern, die Pfeife selbst gestopft zu haben. Zenana hatte mich bedient. Sehr freundlich von ihm. Freundlich, ja… Haschisch!, schoß es mir durch den Kopf. Das Kraut hatte bei jedem 'ne andere Wirkung. Manche sind ganz benommen, stieren blöde vor sich hin; andere geraten ganz aus dem Häuschen, begeistern sich und sehen plötzlich ganz klar. Vielleicht gehörte Zenana zur ersten Sorte, und er wollte mich mit dem Zeug müde werden lassen. Aber ich redete und redete, entwickelte ihnen meine Theorie, mit der ich vorher Hélène die Ohren vollgequatscht hatte. Als Zugabe erzählte ich noch all das, was meine Sekretärin nicht mehr hatte hören wollen…

„Schnauze!" schnauzte die arabische Brillenschlange.

Er hatte offensichtlich die Schnauze voll von meinem Gefasel.

„Halt endlich die Klappe! Wir…"

Weiter kam er nicht mehr. Ich werde nie erfahren, was er mir sagen wollte. Über uns ging ein Höllenspektakel los, als würde im nächsten Augenblick die Bruchbude in sich zusammenfallen. Der Boden vibrierte, vom Kellergewölbe fiel der Putz. Eine Glühbirne gab ihren Geist auf. Zenana und der mit der Brille sprangen hoch, ihre Stühle kippten um. In Sekundenbruchteilen hielten sie jeder eine Kanone in der Hand. Der junge Kerl mit der Maschinenpistole verschwand nach oben, um zu sehen, was los war. Kurz darauf kam er mit einem Landsmann zurück, der aber auch keine Ahnung hatte, nur Schiß. Alle brüllten sich an. Das reinste Kampfgetümmel. Eine zweite Explosion, und 'ne ganze Sippschaft kam in den Keller gerannt. Pistolenschüsse knallten. Es stank nach Staub und Kordit. Auch mein Sonderbewacher stürzte sich ins Getümmel. Auf mich achtete kein Mensch mehr. Ich warf mich auf den Boden. Der Tisch kippte um, und meine Kanone fiel mir sozusagen in den Schoß, wie Sterntaler, nur schwerer. Nestor Burma, immer mittendrin! Mitten in einer Strafexpedition, einer internen Abrechnung, in Gruppenrivalitäten, Familienauseinandersetzungen, egal wie man's nennen will. Nein, so egal konnte mir das gar nicht sein! Eine Kugel pfiff mir um die Ohren und drang in die Mauerwand. Ich ließ mich nicht lumpen. Gab einen Schuß ab auf den, der mich als Zielscheibe benutzt hatte: Zenana, der freundliche, höfliche, liebenswürdige, beflissene Araber! Der Kerl, der mir die Hanf-Pfeife gestopft hatte. Schien so, als wollte er mir für immer das Maul stopfen. Ich war mir nicht ganz sicher, aber es schien so. Ob ich ihn getroffen hatte, sah ich nicht mehr. Nicht weit von mir explodierte eine Granate. Rauch und Staub nahmen mir jede Sicht. Ich kroch zum Büfett und suchte dahinter Schutz. Etwas Rundes rollte auf mich zu... eine Art Kugel. Aber hier wurde bestimmt nicht *boule* gespielt. Bevor das Ding hochging, warf ich es so weit weg wie möglich... gegen das frisch gemauerte Stück Wand. Die Explosion riß ein Loch, als wären die Steine aus Pappe gewesen.

Und damit erschien eine weitere Figur auf der Szene, halbnackt. Schien sich nicht gerade mordsmäßig zu amüsieren. *Dreißig Jahre in der Mauer* oder *Das Leben eines Ziegelsteins*. Der Mann hatte eine ungesunde Hautfarbe. Klar, viel Sonne hatte er in letzter Zeit nicht abgekriegt. Seine riesengroßen Augen starrten mich an, weitaufgerissen, erloschen.

„*Salut*, Demessy", begrüßte ich ihn.

Er grüßte nicht zurück. Eine erneute Explosion befreite ihn von der Mörtelschicht. Er verlor das Gleichgewicht und fiel nach vorn.

Ich weiß nicht, warum ich zu ihm hinstürzte. Er konnte noch so oft fallen, es tat ihm nicht mehr weh. Plötzlich spürte ich einen heißen Luftzug. Diesmal hatte es mich erwischt.

Vielleicht ist das ja so in der Stunde der Wahrheit... Endlich fällt einem das zu, hinter dem man sein ganzes Leben lang hergerannt ist... Bevor ich das Bewußtsein verlor, sah ich Tausende von Banknoten um mich herumflattern.

* * *

„Demessy, du Hüter des Schatzes..."

Bett, Laken, Wände: alles war weiß. Ich fragte matt:

„Was soll das?"

„Nur 'ne Theorie", antwortete Faroux.

Er tippte mit seinem nikotingelben Zeigefinger auf ein beschriebenes Blatt Papier.

„Eine Theorie, die mit einem Gedicht beginnt. Bestimmte Punkte sind schon nachgeprüft und bestätigt worden. Sieht so aus, als hätten Sie unter Drogen gestanden..."

„Ach ja? Und wo bin ich jetzt?"

„Im Hôpital Boucicaut. Unsere Flics haben sie hergebracht. Haben Sie unter anderen Verletzten und ein paar Toten rausgefischt."

„Waren das dieselben Flics, die mich neulich nachts mal gelöchert haben?"

„Weiß ich nicht. Jedenfalls wurde ich gerufen, und ich bin gekommen. Drei Tage lang war mit Ihnen nichts anzufangen.

Aber heute kann ich Ihnen wohl ein paar Fragen stellen."

„Fühl mich aber immer noch ziemlich beschissen. War ich verletzt?"

„An mehreren Stellen."

„Normalerweise nur am Kopf."

„Diesmal hat's auch den Körper erwischt."

„Vielleicht war er neidisch. Jetzt kann er zufrieden sein."

„Ihre Zimmernachbarn sind übrigens auch neidisch. Sie hatten Besuch. Zuerst Hélène, und dann ein junges Mädchen... zum Anbeißen. Die anderen haben sie ‚die zwei Witwen' genannt."

„Witwen? Scheiße, ging's mir so schlecht?"

„Kann man wohl sagen. Aber jetzt sind Sie überm Berg."

„Na prima. Dann erzählen Sie mir mal Ihre Theorie."

„Nicht meine, sondern Ihre. Sie haben phantasiert. Und den Nachtdienst hat das so interessiert, daß er alles notiert hat."

„Wie der Junge mit den Autonummern."

„Welcher Junge?"

„Ein Junge eben. Ist mir erzählt worden, hat aber nichts mit Ihnen zu tun."

„Gott sei Dank! Ich dachte schon... eine Art Anhang, der alles wieder in Frage stellt... Soll ich Ihnen Ihre Hirngespinste mal vorlesen?"

Er tippte wieder auf den beschriebenen Zettel.

„Nur zu", ermunterte ich meinen Freund.

„Demessy, du Hüter des Schatzes", begann er, *„Hüter des Schatzes, aber du hast ihn nicht geklaut. Vielleicht gehört das Geld dem Comptoir de Crédit, Ecke Vaugirard-Convention. Die Millionen waren bestimmt, um Waffen aus dem Hause Gabriel Laurédant zu kaufen. Ihr eigentlicher Platz war aber nicht in der Mauer, sondern bei Joséphine. O Demessy, du Hüter des Schatzes..."*

Faroux seufzte:

„Ich hab keine Lust, den gesamten Quatsch runterzuleiern. Außerdem müßten Sie den Inhalt kennen. Kommt ja schließlich von Ihnen. Zum Teil völlig unverständliches Zeug. Wie gesagt, Sie haben phantasiert. Aber es ist auch viel Wahres dran. Genug, um eine der Ratten in Verlegenheit zu bringen. Der Kerl war auch unter den Verletzten, lebt aber noch."

„Der Pfeifenkopp", sagte ich.

„Pfeifenkopp?" fragte Faroux verständnislos.

„Der Araber, der mit die Haschpfeife verpaßt hat. Wollte mich damit außer Gefecht setzen. Hab ihn auch Zenana genannt."

„Zenana?"

„Wegen der Pockennarben im Gesicht."

„Genau. Das ist er. Richtig heißt er..."

Um mein Fieber wieder in die Höhe schießen zu lassen, nannte der Kommissar einen Namen, bei dem einem die Ohren abfliegen und die Haare zu Berge stehen.

„Dieser Zenana", sagte ich, „wußte, daß das Geld für die Waffen bei Joséphine rumlag. Wollte sich die Mäuse heimlich unter den Nagel reißen, für seine ganz persönliche Befreiung."

„Stimmt genau."

„Und das Geld, das in Demessys Senkrechtgrab versteckt war, stammt vom Comptoir de Crédit?"

„Ja."

„War das die gesamte Beute?"

„Fast."

„Prima."

„Wollen Sie 'ne Belohnung?"

„Gibt's denn eine?"

„Glaub schon."

„Dann will ich die haben. Nicht für mich, sondern für Demessys Frau und das Kind aus der wilden Ehe."

„Mal sehn... Aber sagen Sie, Burma: besonders offen waren Sie nicht zu mir, hm? Als ich Sie bei der Hellseherin verhört habe, gab es schon eine Leiche. Und über Joséphines Tod waren Sie auch im Bilde..."

„Ach, Schwamm drüber! Reden wir lieber von Zenana. Hat er gestanden?"

„Ja, dank Ihrer Phantasie-Theorie. Wir konnten ihm die Fragen so stellen, daß er weich wurde. Hat zugegeben, daß er bei Joséphine war und auf der Fußmatte Ihre Visitenkarte gefunden hat. Seine Freundin und Briefkasten der Organisation in Verbindung mit einem Privatflic, das hat ihm gar nicht gefallen. Sollte die Hellseherin irgend 'ne Schweinerei aushekken gegen ihn und seine Kampfgenossen? Zur gleichen Zeit sind Sie wohl grade bei Joséphine in der Sprechstunde. Er sieht, wie Sie aus der Wohnung kommen. Dann geht er zu ihr rein und fordert eine Erklärung. Joséphine behauptet, Sie seien wegen eines gewissen Demessy bei ihr gewesen, eines Hilfsarbeiters von Citroën. Zenana ist alles andre als blöd...“

„Nicht immer“, warf ich ein.

„Alles in allem ist er ziemlich pfiffig.“

„Eher verschlagen.“

„Von mir aus auch verschlagen. Jedenfalls ist er ins Grübeln gekommen. Jo hatte das Geld für die Waffen... Übrigens waren wir bei Laurédant.“

„Und?“

Wenn er Widerstand gegen die Staatsgewalt geleistet hatte, war Wanda schon wieder Witwe. Vollwitwe.

„Wir haben ihn eingesperrt. Und den Besitzer des Kahns auch.“

„Waren Waffen an Bord?“

„Ja. Zurück zu Zenana. Er hatte langsam die Schnauze voll von der Politik. Wollte schon lange billig an Geld kommen. Joséphines Schatz war 'ne günstige Gelegenheit. Er hat einen Plan: die Hellseherin töten und alles so arrangieren, daß der Verdacht auf Sie fällt. Seine Genossen würden von Jo's Verbindung zu Ihnen erfahren und ihre Schlüsse daraus ziehen. Sie sollten glauben, die Hellseherin habe die Organisation verraten. Das würde reichen. Außerdem legt Zenana für uns eine Spur, die die Briefkastenfunktion der Märchentante offenbart. Die Araber müssen also auf der Hut sein. Nur, die Sache hat einen Haken: wie werden Sie sich verhalten, wenn man Sie einlocht? Klar, Sie werden den Mord leugnen und erklären, warum Sie bei Joséphine waren. Auftritt Paul Demessy. Will eine Abtreibung in Auftrag geben, verläßt dann aber seine Frau usw. Wir knöpfen uns Demessy vor, um Ihre Aussagen zu überprüfen. Demessy bestätigt die Geschichte. Wir schließen daraus, daß Sie in die Sache reingezogen werden sollten. Immerhin ein Zeitgewinn für den tatsächlichen Mörder, aber vielleicht nicht ausreichend. Der Zeitgewinn wär größer, wenn die Polizei diesen Demessy überhaupt nicht fände. Und so lange die Polizei und die Genossen glauben, daß der Privatflic das Ding gedreht hat, verdächtigen sie niemand anderen. Zenana führt seinen verschlagenen Plan aus. Er weiß nämlich, wo Demessy steckt. Vielleicht ist er auch auf die Idee gekommen, eben *weil* er's weiß. Er murkst Demessy ab und sagt seinen Komplizen, der Mann sei ein Spion gewesen. Mit ihrer Hilfe mauert er die Leiche im Keller ein..."

„... wobei er sich von einer *Bunten Nachricht* inspirieren läßt, die vor ein paar Jahren in der Rue du Théâtre... Theater gemacht hat."

„Ja. Aber zuerst bringt er noch die Hellseherin um die Ecke und klaut das geklaute Geld. Alles zusammen – Leiche und Geld – wird eingemauert. Denn er kann ja nicht ständig mit einem Tresor unterm Arm rumlaufen. In Demessys Grab liegt das Geld lange frisch. Später will er dann wiederkommen. Nur... der Privatflic wird nicht eingesperrt! Und in der Zeitung steht nichts über den Fall. Zenana begreift, daß der Briefkasten zur Mausefalle geworden ist. Er warnt seine Genossen, erzählt ihnen von Joséphines Ableben, von dem er zufällig gehört habe, was gar nicht so unwahrscheinlich ist. Jetzt kommt Bewegung in die Truppe. Die Waffen sind da, aber kein Sou, um sie zu bezahlen. Sie halten eine Krisensitzung nach der andern ab. Und Sie müssen natürlich in eine der Versammlungen reinplatzen! Ihre Papiere verraten Ihre Identität. Was wollen Sie in dem Hotel? Wissen Sie über alles Bescheid? Zenana hat Angst, daß Sie auspacken. Mit 'ner Dröhnung will er Ihr Gehirn vernebeln. Und bis Sie wieder klar denken können, werden die andern doch hoffentlich kurzen Prozeß mit Ihnen gemacht haben."

„... was auch bestimmt passiert wär", ergänzte ich, „ohne das Feuerwerk. Ich muß rauskriegen, zu welcher Gruppe die freundlichen Granatwerfer gehörten... Werd ihnen 'ne Spende zukommen lassen."

* * *

Ein paar Tage später konnte ich das Hospital verlassen. Mein erster Weg führte zum Comptoir de Crédit, wo Faroux mich schon angemeldet hatte. Dann fuhr ich in die Rue de la Saïda. Hortense wußte schon über alles Bescheid. Ich brauchte also nicht verlegen herumzustottern. Blieb nur so lange wie nötig; grade um ihr das Geld zuzustecken, mit dem sie etwas sorgloser in die Zukunft blicken konnte. Als ich draußen auf der windgepeitschten Eisentreppe nach Streichhölzern in meiner Tasche suchte, berührte ich das luxuriöse Parfümfläschchen-Etui. Demessy hatte es Wanda geklaut, und jetzt gehörte es Jeanne Marigny. Ich zündete meine Pfeife an und stieg die paar Stufen zur vierten Etage hoch.

Paris, 1957

Nachgang

Es ist eines der Bistros, das man ‚gemütlich‘ nennen möchte, obwohl das ein typisch deutsches Wort ist, das sich ins Französische nicht übersetzen läßt. Vielleicht mögen es die Leute aus dem Quartier auch, wenigstens die Älteren, weil sich dort noch etwas vom Dunst der Vergangenheit atmen läßt. Es gehörte einem ehemaligen Box-Weltmeister. Eben jenem Monsieur Routis, der 1928 Titelträger im Federgewicht wurde. Ein Jahr später war er seinen Meistergürtel wieder los, aber, was er sich im Lauf der Jahre zusammengeboxt hatte, reichte zu einer gutbesuchten Kneipe im Schatten der oberirdischen Metro-Station Grenelle, die nach dem Kriege in Bir-Hakeim umbenannt wurde. Dieses Bir-Hakeim war ein dem berühmten Tobrouk vorgelagerter Wachposten, den die französische Armee lange gegen die heranrückenden Truppen Rommels gehalten hatte.

Aber vom Krieg im nordafrikanischen Wüstensand war damals schon nicht mehr die Rede, als Nestor Burma bei seinem Streifzug durch das 15. Arrondissement in Routis' Lokal an der Ecke der Rue Nélaton eine Pause einlegte. Eher von den Arabern und den Unruhen im damals noch zum französischen Mutterland zählenden Algerien.

1958 – Léo Malet hatte seinen Roman ein Jahr zuvor abgeschlossen – geriet Frankreich in seine bis dahin schlimmste Krise der Nachkriegszeit. General de Gaulle übernahm die Macht und rief die fünfte Republik aus. Im gleichen Jahr wurde der Vélodrôme d'Hiver gegenüber von Routis' Bistro abgerissen. Der Vel d'Hiv', wie ihn jeder in Paris nannte, die Winterbahn, war ebenso legendär wie etwa der Berliner Sportpalast. Eine Hochburg der Sechs-Tage-Radrennen und großer Boxkämpfe. Freilich war der Vel d'Hiv mit einem Makel belastet, den er nie mehr loswurde.

Im Juli 1942 trieben die Schergen des Vichy-Regimes Tausende von Pariser Juden in der Sportarena zusammen. Ein Auffanglager für den späteren Abtransport in deutsche Konzentrationslager. Noch heute gilt der Vel d'Hiv als düsteres Symbol der Besatzungs-Ära. Als der veraltete Vélodrôme der Spitzhacke zum Opfer fiel, war dies nur ein Anfang. Die Stadtplaner verordneten dem linken Seine-Ufer eine Radikalkur. Einen kühnen Kahlschlag, der ganze Häuserzeilen verschwinden ließ. Die Rue Payen beispielsweise mit ihrem schmuddeligen Hotel, in dem Demessys schäbig inszeniertes Rendesvous ein tragisches Ende fand, ist heute auf keinem Stadtplan mehr zu finden.

Paris mußte sich Luft verschaffen, endlich einmal durchatmen. Die Baumeister der Könige hatten der Stadt einen Gürtel aus Stein umgelegt und ihn immer fester zugeschnürt. Ein nahezu perfektes Spitzelsystem des Geheimdienstes hielt das zunehmend aufmüpfige Volk unter Kontrolle. Paris war das Herzstück der Macht, der Puls durfte nicht allzuschnell schlagen. Die Große Revolution von 1789 brachte zwar einige in Stein gehauene Bollwerke der Unterdrückung zum Einsturz, aber erst ein dreiviertel Jahrhundert später schlug der kaiserliche Präfekt Haussmann tiefe Schneisen in das chaotische Gewirr aus verwinkelten Straßen und Gäßchen. Nicht allein aus der Einsicht heraus, die Stadt müsse schon aus hygienischen Gründen entrümpelt werden, sondern auch aus strategischem Kalkül. Die breiten Boulevards, die sich fortan quer durch die Innenstadt zogen, waren ein ideales Aufmarschgelände für die Truppen des Regenten.

Die neue Seine-Front am linken Ufer

Haussmann hatte indessen die Pariser offenbar so verschreckt, daß zu Zeiten der lange währenden Dritten Republik das Stadtbild kaum eine kosmetische Korrektur erfuhr. Da Paris während der Weltkriege von Bombenangriffen weitgehend verschont blieb und letztendlich auch, allen Drohungen zum Trotz, nicht brannte, blieb es dem engagierten de-Gaulle-Nachfolger Pompidou vorbehalten, abermals reinen Tisch zu machen.

Pompidou nahm sich vor allem die Rive Gauche vor, das linke Seine-Ufer. Stadtviertel, die zu Haussmanns Zeiten noch fast zur Vorstadt zählten und teilweise dörflichen Charakter trugen. Das 13. Arrondissement (siehe Léo Malet/ „Die Brücke im Nebel"), die Gegend um den Montparnasse (siehe Léo Malet/ „Die Ratten im Mäuseberg") und eben die Seine-Front im 15. Bezirk.

Wer die Seine vom Marsfeld aus flußaufwärts begleitet, stößt hinter dem Pont de Bir-Hakeim auf zweieinhalb Kilometer Länge nur noch vereinzelt auf Spuren der Vergangenheit. Die elenden Steinbaracken, die sich früher um das Werksgelände von Citroën gruppierten, sind abgetragen, Citroën selbst, vor Jahren schon ins Schlingern geraten, hat längst den Rückwärtsgang eingelegt und seine Produktionsstätten in die Außenbezirke der Stadt verlagert. Ein riesiges Areal aus Stein und Schutt, so groß wie viele Fußballfelder, gähnt Leere. Vor einem hochstöckigen Betonklotz (Rohbau oder Bauruine?) verspricht eine Plakatwand stolz: „Hier entstehen auf 55.000 Quadratmeter Fläche neue Büroräume". Wer verwalten will, findet immer einen Platz.

Nestor Burmas Spuren enden also im Niemandsland. Die Place Fernand-Forest an der Ecke Rue Linois ist heute ein seelenloses Wegkreuz, hinter dem sich ein hochmodernes Einkaufszentrum aufbaut. Viel Stein und Glas, sehr viel Plastik natürlich, Pastellfarben dominieren. Die wenigen Lokale am Rand eines ausgedehnten Lichthofes sind so heimelig wie ein Einwohner-Meldeamt. Ein Schnell-Imbiß verspricht für den Speisezettel eine deutsche Woche. Kreidegestrichelt tafelt ein prallbusiges Mädchen in Alpentracht mit langen Zöpfen dicke Würste auf. Ein rechtes Gretchen, denn wie französische Oberschüler mit zwei Jahren Schuldeutsch wissen, heißen deutsche Mädchen gerne Gretchen und wohnen im Schwarzwald oder am Rhein und trinken keinen Wein, sondern Bier und wenn sie nicht gestorben sind, dann leben sie noch heute. Genauso wie beschrieben, denn so hat man es ja gelernt und so verkauft sich der deutsche Fremdenverkehr in Frankreich auch am besten. Wer sich so verkauft, hat sich verraten.

Kein Gretchen natürlich, aber auch kein Clochard, mit Baskenmütze auf dem Kopf, einer Baguette unter dem Arm und Rotweinflasche in der ausgebeulten Tasche eines abgewetzten Mantels, in Routis' Bistro. Klischee-Typen machen sich rar.

Das Wohnhaus von Madame Josephine

Die Freiheitsstatue auf der Allée des Cygnes

An der Theke steht einer mit Schnauzbart und Latzhose und schwatzt mit der Kellnerin. Ob Routis, der Ex-Weltmeister noch lebe, frage ich sie. Nein, sagt sie, Routis sei längst tot, aber den Namen habe man natürlich behalten. Warum auch nicht? Der mit der Latzhose blättert in der Sportzeitung L'Equipe. Das könnte so einer von Citroën sein, wenn Citroën nicht längst abgewandert wäre.

An der anderen Ecke der Rue Nélaton läßt sich sofort das Haus finden, in dem Madame Josephine zu Hause war. Tatsächlich, Burma hatte recht, man muß sich schon weit aus dem Fenster lehnen, will man ein Stück vom Eiffelturm sehen und von der Métro-Linie zwischen den Stationen Dupleix und Bir-Hakeim. Im Parterre, wie man auf deutsch französisch sagt, was kein Franzose versteht, führt ein Araber ein

Restaurant mit Couscous-Spezialitäten. Noch heute also gehen im Haus von Madame Josephine die Nordafrikaner ein und aus. Nur wenige Schritte sind es bis zur Seine. Der Stadt steht in diesen Tagen das Wasser bis zum Hals. Die Allée des Cygnes, die zwischen Pont de Bir-Hakeim und Pont de Grenelle in zwei Hälften teilt, ist überflutet. Die Schwanenallee, eine langgezogene schmale Halbinsel, ist vor allem beliebt bei Sonntagsspaziergängern. An ihrem westlichen Ende steht die Freiheitsstatue.

Die Schwaneninsel hat eine düstere Vorgeschichte. Nach der blutigen Bartholomäusnacht im August 1572, die 2000 protestantischen Hugenotten das Leben kostete, wurden die Leichen auf der Schwanenallee, die damals noch Insel der Kupplerin hieß, verscharrt. Als dem elsässischen Bildhauer Bartholdi vor nun über hundert Jahren der Auftrag zum Entwurf der Freiheitsstatue zuteil wurde, da entschloß man sich, eine kleinere Kopie auf der Schwanenallee zu errichten. Mit Blickrichtung nach Westen, nach Amerika. Das hätte freilich vorausgesetzt, daß der Präsident der Republik sie von einem schwankenden Boot aus hätte einweihen müssen.

Mit festem Boden unter den Füßen hätte der Herr Präsident bei der Feierstunde ansonsten mit dem Hinterteil des Monuments vorliebgenommen. Also wurde – dem präsidentiellen Ritual zuliebe – die Statue gen Osten gedreht. Erst ein halbes Jahrhundert später machte das Denkmal erneut eine Kehrtwende, um, wie ursprünglich geplant, den Blick auf's entfernte Amerika zu richten. Weitere Kopien der Statue stehen übrigens im Museum für handwerkliche Kunst und im Jardin du Luxembourg. *„Die keuchende Lokomotive schickte dicken weißen Dampf in den wolkenverhangenen Himmel“*. Aus und vorbei. Dampflokomotiven keuchen natürlich auch in Paris nicht mehr.

„Verdammt provinziell hier, still und friedlich. Der Charme, der von diesen Plätzen ausgeht, ist nicht leicht zu beschreiben.“ Ebenfalls aus und vorbei. Der diskrete Charme der Pariser Bourgeoisie ist hier nicht mehr zu finden.

Was bleibt also von der Romantik an der Seine? Nicht einmal die Hausboote und Wohnschiffe, die hier jahrzehntelang geduldet wurden. Sie sind zumeist Seineabwärts weggedümpelt und haben die Stadtufer für Umschlagplätze freigeben müssen, an denen Baumaterial und Abfall gelöscht wird, dort wo nicht längst die Auto-Schnellstraßen Platz gegriffen haben. Lediglich ein paar schwimmende Restaurants haben sich am Ufer festgesetzt.

Welch ein Glück, daß man wenigstens den Eiffelturm nicht hat wegtragen können (und wollen)! Obwohl selbst das schon ins Auge gefaßt worden war, kaum war das Wahrzeichen der Weltausstellung von 1889 gegen heftigen Widerstand gebaut. ‚Das teuflische Unternehmen eines Kupferschmieds im Größenwahn' hatte der Schriftsteller Guy de Maupassant damals gegen den 320 Meter hohen und 7000 schweren Tonnen Turm gewettert. Heute steht der Eiffelturm längst unter Denkmalschutz und das Eisengerippe, aus 18.000 Gerüstteilen und zweieinhalb Millionen Nieten zusammengesetzt, zählt traditionell zum Pflichtprogramm aller Paris-Besucher.

Bei Burmas Recherchen spielt der Eiffelturm keine Rolle. Das mag und muß wohl daran liegen, daß er nicht im 15., sondern im benachbarten 7. Arrondissement beheimatet ist. Einer der wenigen Stadtbezirke übrigens, die Léo Malet auf der Suche nach den ‚neuen Geheimnissen von Paris' ausgelassen hat. Das siebte, hat er mir einmal verraten, sei ihm zu langweilig. So bleibt uns das noble Wohnviertel um die Ecole militaire und den Invalidendom verschlossen.

Blick von der Place de Breteuil auf den Invalidendom

Nur einmal streift Nestor Burma das ebenso vornehme wie teure 7. Arrondissement, als er an der Place de Breteuil die herrschaftliche Wohnung von Madame und Monsieur Laurédant aufsucht. „*... fand ich das prachtvolle Haus, so prachtvoll wie beinahe alle Häuser in dieser Gegend.*"

Weniger prächtig sieht es im Kern des 15. Arrondissements aus. Es ist das bevölkerungsreichste Stadtviertel von Paris. Hier wohnen mehr Menschen als zum Beispiel in der Innenstadt von Bordeaux. Aber es ist kein Viertel, das der Tourist auf dem Stadtplan mit kräftigem Strich einkreist. Sogenannte

Sehenswürdigkeiten gibt es kaum. Allerdings, ein Spötter hat einmal gesagt: ‚Irgendwann muß fast jeder Pariser hier vorbeischauen. Und wenn er ein Ochse ist – auf jeden Fall'. Das galt für die Zeit, als in der Rue des Morillons noch der Schlachthof stand (gleich neben dem städtischen Fundbüro, auf das die erstgenannte Anspielung zielt). Heute ist dort ein Park angelegt, an dessen Eingang freilich noch immer zwei kräftige Stiere auf hohem Sockel thronen. Mit der Rue de Vaugirard durchschneidet die längste Straße von Paris das Viertel. Über rund viereinhalb Kilometer zieht sie sich vom Boulevard St. Michel im Quartier Latin bis an den Stadtrand, die Porte de Versailles. Wer die Rue de Vaugirard entlangspaziert, lernt das dem Touristen sonst oft verborgene typische Paris kennen. Das Paris der Kleinhändler, der außergewöhnlichen Geschäfte und der originellen Restaurants. Das Maison d'Escargot zum Beispiel, das Schneckenhaus, in der Rue Fondary, in das sich Schnecken-Liebhaber zu ausgiebigem Mahl gerne zurückziehen.

Ein paar Schritte weiter nur führt ein gewisser Claude Lovezzi eines der seltsamsten Lokale von ganz Paris. Der temperamentvolle Korse hat sich zum Prinzip gemacht, den Gast für die gebotenen Speisen das bezahlen zu lassen, was er für richtig hält. Natürlich gibt es immer wieder mal Schmarotzer, die sich klammheimlich verdrücken, ohne mehr als ein paar wenige Francs auf den Tisch zu legen, aber freizügige Spender gleichen den Fehlbetrag immer wieder aus. Chacun à son goût.

Es macht Spaß, Nestor Burma in diesem Viertel hinterherzulaufen. Vergangenheit ist überall spürbar, ohne daß Moder in die Nase zieht. Hier lebt das 15. noch.

An der Ecke Rue de la Convention / Rue de Vaugirard beispielsweise, wo Nestor, der alte Kneipengänger, das Bistro von Rivalet aufsucht und an der der Comptoir de Crédit liegt, der Tatort des Bankraubs.

Tatort Bankraub an der Rue de Vaugirard

Natürlich treibt mich ein Abstecher auch in die Rue de la Saida. Startpunkt von Burmas Abenteuer. Die Wohnung von Demessy läßt sich leicht orten.

„*Von der Straße konnte man durch einen Gitterzaun auf eine Art Vorhof sehen. Früher mußte das wohl mal ein Rasen gewesen sein.*" So trist, wie Burma den Häuserblock schildert, kommt er mir gar nicht vor.

Rue de la Saida – wieder ein arabischer Name, was natürlich in Malets Dramaturgie paßt. In Sichtweite der Rue de la Saida liegt die Ruche, der Bienenkorb. Ein dreigeschossiger Pavil-

Demessys Wohnhaus in der Rue de la Saida

lon, sechzehneckig und wieder ein Reststück aus einer Weltausstellung wie so viele bauliche Kuriositäten in der französischen Hauptstadt. Das trifft auch für das Gittertor im Jugendstil zu, hinter dem sich die Ruche fast zu verstecken scheint in der stillen Passage de Dantzig.

„Hier krepiert man oder man wird berühmt". Diese drastische Alternative zeichnete Marc Chagall auf, der wie Soutine, Fernand Léger und viele andere, die berühmt wurden, in der Ruche ein Atelier fand. Noch heute ist die Ruche eine Heimstätte für Maler und Bildhauer. Die in dem Rundbau mit den 16 Kanten und dem spitzen Kuppeldach auf den drei Etagen angeordneten kleinen Ateliers sind einmal Särge genannt worden. Ein Todesurteil scheint über das etwas verlottert anmutende Anwesen aber nicht gesprochen zu werden. Die Ruche

Die Ruche mit ihren Ateliers

hat den Kahlschlag der vergangenen Jahre glücklicherweise überlebt.

Der nahegelegenen Schlachtbank ist dieses Schicksal nicht erspart geblieben.

Peter Stephan, im März 1988

Anmerkungen des Übersetzers:

1. Kapitel:
Zweihundert Francs waren fällig: Bei allen Geldbeträgen, von denen im Laufe des Romans die Rede ist, handelt es sich um Alte Francs.

4. Kapitel:
Vélodrome d'Hiver: Überdachte Radrennbahn in Paris, auch für Eisrevuen, Sportveranstaltungen etc. benutzt.
Fellag(h)as: Algerische Partisanen im Unabhängigkeitskrieg gegen Frankreich.

6. Kapitel:
Biguine: Modetanz in Frankreich von 1930 bis 1950. Stammt von den Antillen.

8. Kapitel
Pythia: Priesterin des Orakels zu Delphi.

9. Kapitel:
Tour Pointue: Polizeidienststelle im Palais de Justice am Quai de l'Horloge.
F.L.N. (Front de libération nationale): Nationale Befreiungsfront.

14. Kapitel:
Zenana: 1. Harem in Indien und Persien;
2. Blasenkreppstoff, vorwiegend für Inneneinrichtungen verwendet.

Straßenverzeichnis

R 8	Rue Alain-Chartier
R 5	Place Balard
P/Q 5	Rue Balard
N 7	Pont de Bir-Hakeim
Q 8–10	Rue Blomet
P 10	Place de Breteuil
O/P 8	Rue du Commerce
R 8	Rue de la Convention
S 8	Rue de Dantzig
O 7	Rue du Dr. Finlay
P 5–8	Avenue Emile-Zola
O 6/7 – R 5/6	Avenue Félix-Faure
O 6	Place Fernand-Forest
N 7–o 7/8	Boulevard de Grenelle
O 5	Pont de Grenelle
O/P 5	Port de Javel
P 5/6	Quai de Javel
P 6	Rue de Javel
R 4/5	Rue Leblanc
O 6	Rue Linois
P 4–o 5	Quai Louis-Blériot
O 16	Place Maubert (5. Arrondissement)
P 5	Pont Mirabeau
S 9/10	Rue des Morillons
N 7	Rue Nélaton
R/S 8	Rue Olivier-de-Serres
XX	Rue Payen
T 7	Avenue de la Porte de la Plaine
P 10	Rue Rosa-Bonheur
S 8	Rue de la Saïda
O 7 – R 5	Rue Saint-Charles
P 10/11	Avenue de Saxe
O 6 – P 8	Rue du Théâtre
R 8	Rue de Vaugirard
S 6	Porte de Versailles
R 5 / S 6	Boulevard Victor

Léo Malet

Léo Malet, geboren 1909 in Montpellier, riß mit sechzehn Jahren nach Paris aus, schloß sich den Surrealisten an und schlug sich als Chansonnier auf dem Montmartre durch. Mit André Breton verband ihn eine lebenslange Freundschaft, ebenso zu Salvador Dalí und René Magritte. Für seine legendären Kriminalromane erhielt Léo Malet mehrere hohe Auszeichnungen. Er lebt heute in Paris.

Bilder bluten nicht *Krimi aus Paris. 1. Arrondissement*
(rororo 12592)
Mord in den Markthallen und Diebstahl im Louvre.

Stoff für viele Leichen *Krimi aus Paris 2. Arrondissement*
(rororo 12593)
Vierzehn Leichen säumen Nestor Burmas Weg.

Marais-Fieber *Krimi aus Paris 3. Arrondissement*
(rororo 12684)
Ein Pfandleiher ist in mysteriöse Morde verwickelt.

Spur ins Ghetto *Krimi aus Paris. 4. Arrondissement*
(rororo 12685)
Ein Mädchen wird nach einer Party mit einem SS-Dolch erstochen.

Bambule am Boul'Mich' *Krimi aus Paris. 5. Arrondissement*
(rororo 12769)
Liebe, Erpressung und Okkultismus.

Die Nächte von St. Germain *Krimi aus Paris. 6.Arrondissement*
(rororo 12770)
Nestor Burma trifft auf Dichter mit seltsamen Ideen.

3251/2

rororo Unterhaltung

Corrida auf den Champs-Élysées *Krimi aus Paris. 8. Arrondissement*
(rororo 12436)
Nestor Burma als Leibwächter einer Film-Diva.

Streß um Strapse *Krimi aus Paris. 9. Arrondissement*
(rororo 12435)
Nestor Burma sucht nach den Kronjuwelen des Zaren.

Wie steht mir Tod? *Krimi aus Paris. 10. Arrondissement*
(rororo 12891)
Ein Schlagerstar fürchtet um Karriere und Leben. Erfolgreich verfilmt mit Jane Birkin und Michel Serrault.

Kein Ticket für den Tod *Krimi aus Paris. 12. Arrondissement*
(rororo 12890)
Ein Weinhändler setzt alles daran, seine Stieftochter zu beseitigen.

Die Brücke im Nebel *Krimi aus Paris. 13. Arrondissement*
(rororo 12917)
Nestor Burma wird von einerZigeunerin engagiert um den Tod ihres Vaters zu rächen.